枕上诗书

一本书读懂最美诗经

徐若央·著

中国出版集团 现代出版社

图书在版编目（CIP）数据

枕上诗书：一本书读懂最美诗经 / 徐若央著. ──

北京：现代出版社, 2020.4

ISBN 978-7-5143-8579-3

Ⅰ.①枕… Ⅱ.①徐… Ⅲ.①《诗经》－诗歌欣赏

Ⅳ.①I207.222

中国版本图书馆CIP数据核字（2020）第080501号

著　　　者	徐若央
责任编辑	杨学庆
出版发行	现代出版社
地　　　址	北京市安定门外安华里504号
邮政编码	100011
电　　　话	010-64267325 64245264（传真）
网　　　址	www.1980xd.com
电子邮箱	xiandai@cnpitc.com.cn
印　　　刷	三河市金泰源印务有限公司
开　　　本	880mm×1230mm 1/32
印　　　张	8.5
字　　　数	250千字
版次印次	2020年6月第1版　　2023年6月第4次印刷
标准书号	ISBN 978-7-5143-8579-3
定　　　价	45.00元

越古老，越美好。

无障碍阅读，经典精选本。

目　录

1. 周南·关雎——如花美眷，似水流年 / 001

2. 周南·桃夭——十里桃花，一世繁华 / 008

3. 周南·卷耳——相思树下说相思 / 015

4. 召南·甘棠——棠梨树下不见君 / 020

5. 周南·汉广——一寸相思一寸灰 / 026

6. 邶风·柏舟——我心非石，忧思难解 / 032

7. 邶风·绿衣——长情 / 038

8. 卫风·硕人——最是无情帝王家 / 044

9. 邶风·日月——宫墙柳 / 050

10. 邶风·燕燕——天涯离别人 / 056

11. 邶风·终风——伤亦痛，思亦痛 / 062

12. 邶风·击鼓——问君几时归 / 068

13. 邶风·凯风——南风知我意 / 073

14. 邶风·谷风——情如纸薄 / 078

15. 邶风·匏有苦叶——西风渡口等君归 / 084

16. 邶风·旄丘——式微，式微，胡不归 / 089

17. 邶风·静女——人约黄昏后 / 094

18. 邶风·新台——胭脂血泪情 / 099

19. 邶风·二子乘舟——浮华一世大梦归 / 105

20. 鄘风·柏舟——此恨绵绵无绝期 / 112

21. 鄘风·蝃蝀——见知君即断肠 / 117

22. 鄘风·载驰——巾帼红颜志 / 123

23. 卫风·淇奥——千古风流真名士 / 129

24. 卫风·竹竿——识汝凌云志 / 134

25. 卫风·伯兮——归来路遥遥 / 139

26. 卫风·有狐——心上狐 / 144

27. 卫风·木瓜——永以为好 / 149

28. 王风·黍离——黍离之悲 / 153

29. 王风·扬之水——魂断山河梦 / 158

30. 王风·大车——昔年相望抵天涯 / 163

31. 郑风·丰——君当作磐石 / 168

32. 郑风·风雨——人间皆值得 / 173

33. 郑风·子衿——子宁不归 / 178

34. 郑风·溱洧——相见欢 / 182

35. 齐风·猗嗟——英雄侠义梦不断 / 188

36. 齐风·敝笱——一世浮华一世灰 / 193

37. 魏风·陟岵——将军白发征夫泪 / 198

38. 唐风·葛生——百年以后与君眠 / 202

39. 唐风·绸缪——一遇良人知良辰 / 207

40. 秦风·蒹葭——所谓伊人，在水一方 / 211

41. 秦风·黄鸟——为君舍弃百年身 / 215

42. 秦风·无衣——岂曰无衣 / 220

43. 陈风·株林——祸水终得一世安 / 226

44. 曹风·蜉蝣——且行且惜 / 234

45. 小雅·我行其野——从此吾心无风月 / 238

46. 小雅·巷伯——谗言一句如浪深 / 244

47. 小雅·都人士——千年风雅 / 249

序言：最是人间留不住

诗经，一本古老的书。

旧时，有人曾问我，《诗经》写了些什么？

我想想，回答了两个字：人间。

人间百态，悲欢离合。

千年前，有人独守空城，青丝成白发；有人君临天下，美酒醉黄沙；有人天生丽质，贪欢负韶华……

谁不羡慕千年风雅，淇水之畔，南山之上，皎皎明月光，桃花伊人面。

我们都曾年少，旧时的诗文浸满了青春，冬去春来，繁华尽头，可还记得哪句诗，乱了你的心弦？

谁家少年，一遍又一遍唱着："关关雎鸠，在河之洲，窈窕淑女，君子好逑。"

谁家姑娘，一声又一声念着："青青子衿，悠悠我心。纵我不往，子宁不嗣音？"

才子啊！佳人啊！

可见当年明月照楼台，今夕故城满霜花。最是人间留不住，人生苦短，终是留不住风华。

梦回千年，乱世为棋局，谁为棋子？诗中人何其无奈！也曾雪中送炭，也曾袖手旁观，也曾割袍断义，也曾为国征战，也曾闻名天下，也曾自欺欺人，也曾薄情寡义。等到烟花散尽，恩怨了结，终是明白了，何为身不由己！王侯将相，黎民百姓，皆难逃命运的安排。

荒芜的年代，世事多变，人心不古，留得住什么？唯有一颗赤子之心罢了！

那一年，将军归来仍是少年。

那一年，君子又见佳人容颜。

那一年，故人笑叹云水之间。

《诗经》道尽人生百年，读过方知，古人和今人竟这般相似！何年似今朝，我们是书外人，亦是书中人，最悲，草木无情，最喜，生而为人。

这么多年来，《诗经》始终是我心里的一方净土。初见之时，便已触动执念，一首诗，一声叹，波澜了你我的人间。爱之深，情之切。我本是凡夫俗子，爱美人，爱英雄，爱人间。倘若，你也似我这般贪恋尘世，想必会爱上这本书。

人间留不住，人间犹可恋。

我愿，将千年前的故事讲给你听……

因为，有你，便有风华。

1. 周南·关雎——如花美眷，似水流年

关关雎鸠，在河之洲。窈窕淑女，君子好逑。

参差荇菜，左右流之。窈窕淑女，寤寐求之。

求之不得，寤寐思服。悠哉悠哉，辗转反侧。

参差荇菜，左右采之。窈窕淑女，琴瑟友之。

参差荇菜，左右芼之。窈窕淑女，钟鼓乐之。

他见过倾城佳人，听过阳春白雪，世间一切繁华，终究不如邂逅她。他看见，山花烂漫时，她缓缓走来。他听到，灯火阑珊处，她盈盈浅笑。初见是惊鸿一瞥，再见是刻骨铭心。

谦谦君子，白衣少年，于千万人之中遇见她，一见倾心，从此，再难忘记。青山之下，绿水之畔，他追着她的脚步，痴情前行。山有木兮木有枝，心悦君兮君不知，前方的佳人，可知有位君子在等你……

《关雎》是《诗经》的第一篇，所写男子对女子的追求，始于爱情，归于婚姻。

有一种爱情叫作君子之爱。

何为君子？重点在于"君"字，倘若你对汉字有些兴趣，不妨将君字拆开解读，君由尹和口二字组成，尹指治

理，口便是命令，治理天下，号令天下，唯有君王可如此。所以，先秦典籍中"君子"多指统治者和贵族等地位崇高的男子，如"彼君子兮""君子不齿"，与"小人"或"野人"对应。只有少数用来形容品德高尚的人。

《关雎》中所描写的君子便是身份尊贵之人，他所追求的佳人亦非寻常女子。

关关雎鸠，在河之洲，窈窕淑女，君子好逑。

多么耳熟能详的诗句！

春暖花开时，万物皆是美好。河中的小洲上栖息着雎鸠，雌雄二鸟发出"关关"的叫声，互相和鸣，应是在呼唤着对方。

雎鸠，是一种水鸟。有人猜测是鹗（鱼鹰），可仔细想想，鱼鹰如此凶猛，怎么会用在此处？雎鸠作为象征爱情的贞鸟，应如天鹅般优雅，鸳鸯般情浓。

诗经讲究"赋、比、兴"。赋，就是铺陈直叙，把人的思想感情及其事情发展平铺直叙地表达出来；比，就是类比，以彼物比此物；兴，欲言一物，先言他物，是一种含蓄委婉的表现手法。

这里用到了起兴的写法，用雌雄雎鸠兴淑女君子。

窈窕淑女究竟是怎样的女子？

在古代，女子最重要的是"贤德良善"，此为淑女的标准。

故事中的君子身份尊贵，不仅想要"淑女"，还要"窈窕"。窈，指内在之德；窕，指外形之美。窈窕淑女是内在美与外在美的结合，他所爱慕之人，必定贤良淑德，姿容秀丽。

唯有这样的贤良女子才能成为君子的配偶，通俗点来说，这叫门当户对。

窈窕淑女，君子好逑。这是人生的必经阶段，总会有个人走进你的心房，让年少不羁的你有了成家的念头。

男子想要追求淑女，绝非一时兴起，而是以爱情为基础，婚姻为目的的追求。他就是这样一个率真的人，爱了，就去追求，若求得，便迎娶。

然而，爱情的道路也并非一帆风顺，即便贵为君子，也有挫败的时候。

参差荇菜，左右流之。窈窕淑女，寤寐求之。

水中的荇菜参差不齐，时而向左、时而向右地摘取。

荇菜，别称莕菜、水荷叶，似莲非莲，叶片如睡莲叶子般浮在水面，小巧可爱，花朵为嫩黄色，茎可食用，全草可入药。

依旧是起兴的手法，以荇菜流动兴淑女难求。君子望着近在咫尺的窈窕淑女，日日夜夜都想追求她。

面对这样一位佳人，君子该如何追求？想必是煞费苦心，上演了一段痴情的爱恋。那是自由烂漫的年代，爱一个人，就要大胆地去表达，真诚地去追求。或许，他会登高采得一株山茶花，悄悄地放在淑女家门前，抑或是取得一颗相思红豆，寄到她的手中。

君子爱财，取之有道。爱人，亦是如此。他要遵守伦理纲常，发乎情止乎礼，用一片真心去感动那位窈窕淑女。

不过，这番自以为轰轰烈烈的举动，似乎没有感动女子。

她转身而去，留他一人独自茫然。

求之不得，寤寐思服。

当追求不到心仪之人，他会朝朝暮暮地思念她，想她的一颦一笑，想她的明媚容颜，想她的口吐珠玑。但凡经历过相思的人，都应知道那种感觉，苦涩中夹杂着甜蜜，会因一桩小事而牵肠挂肚，会因一句闲谈而念念不忘。于是，那悠悠绵长的思念，便会让人辗转难眠。

原来男子也爱胡思乱想！

你瞧，在爱情面前，千百年来，人类何曾改变过？一样的满怀期待，一样的小心翼翼。

那位姑娘迟迟没有给他答复，是不愿？还是害羞？

男子并没有灰心气馁，反而越挫越勇。

这次，他用琴瑟亲近她，用钟鼓之声使她快乐。古往今来，以琴传情，不知促成了多少姻缘。司马相如一曲《凤求凰》，引得卓文君私奔当垆卖酒。张生抚琴，崔莺莺心有所感，二人花园定终身。就连弹错了曲子的琴师，也能得到江东美周郎回眸一顾。

音乐的力量是如此强大。男子指尖划过琴弦，弹奏着动人的曲调，清唱关于爱情的歌谣，终于换来了佳人的倾城一笑。

那一刻，漫山遍野的山茶花如火般绽放，雎鸠双双飞向远方……

之后的故事，想必就是红妆花嫁，听到无数的吉祥话：百年好合，早生贵子。

关于《关雎》一诗，不少古板的儒生断章取义，将其解读为赞美后妃之德，用来教化女子德行。

汤显祖在《牡丹亭》中就曾描写过杜丽娘读《关雎》的情景。

迂腐的老先生讲解《关雎》，解释"窈窕淑女"是"幽闲女子"，"君子好逑"是"有那等君子，好好的来求他"。

如此奇怪的解读，连丫鬟都忍不住质疑，"为甚好好的求他？"

先生无法回答，为掩饰窘迫，只能呵斥一句："多嘴！"

杜丽娘心思聪慧，早已读懂这首爱情诗，感叹道："圣人之情，尽见于此矣，今古同怀，岂不然乎。"

意思是：圣人的情感全都在这里了，今天的人与古代的人心怀同样的情感，难道不是这样吗？

这是爱情的萌芽，只有敢于否定，才能挣脱封建礼教的束缚。

她明白了《关雎》的真正含义，便也懂了何为爱情，何为相思。

游园惊梦后，杜丽娘害了相思病，父母不知病情，丫鬟春香一语道破病因："只因你讲《毛诗》，这病便是'君子好逑'上来的。"

教书的老先生声称《毛诗》病用《毛诗》去医，立刻给出一张《诗经》药方："摽有梅，其实七兮""其实三兮"，此方单医男女过时思酸之病。

召南·摽有梅

摽有梅，其实七兮。求我庶士，迨其吉兮。

摽有梅，其实三兮。求我庶士，迨其今兮。

摽有梅，顷筐塈之。求我庶士，迨其谓之。

这首诗亦是求爱：梅子纷纷落地，树上还剩七成，想要求娶我的儿郎，休要耽误良辰。梅子纷纷落地，树上只剩三成，想要求娶我的儿郎，切莫再等待。梅子纷纷落地，已要用簸箕收起，想要求娶我的儿郎，请快些开口。

一位渴望爱情的姑娘，望着成熟的梅子一颗颗落地，已经迫不及待要嫁给那位儿郎。

老先生早已看破了杜丽娘的心思，用《摽有梅》医《关雎》，恰到好处！由此可见，先生并非真的迂腐，只是在当时的环境下，他不得不那般教学，或许，他正值青春之时，也曾遇到过一位窈窕淑女。

那杜丽娘初遇柳梦梅，曾问："那生素昧平生，因何到此？"

柳梦梅答："则为你如花美眷，似水流年。"

我若是他，想必会答一句：因为爱情。

跨过千山万水，只为寻你而来，无论多远，多难，我只想将你的手牢牢握住，生死不离。

2. 周南·桃夭——十里桃花，一世繁华

桃之夭夭，灼灼其华。之子于归，宜其室家。

桃之夭夭，有蕡其实。之子于归，宜其家室。

桃之夭夭，其叶蓁蓁。之子于归，宜其家人。

人间四月天，桃李芬芳，正是女子出嫁的时节。那如桃花般的女子正端坐在铜镜前，画眉点唇，精心打扮自己。暖风吹过灼灼桃花，一缕淡香扑面而来，岁月静好，她的心亦是平静满足。

韶华之年，她身着一袭艳丽的嫁衣，静静地站在桃林，等待一人，执子之手，许她一世繁华。

《桃夭》是我国最早贺女子出嫁的诗，读着短短三行文字，仿佛能看见桃花盛开时，姹紫嫣红处，那位身着嫁衣的女子缓缓走来。

桃之夭夭，灼灼其华。之子于归，宜其室家。

以桃花喻女子之美，开千古辞赋咏美人之祖。

千树万树的桃花朵朵绽放，明媚似火。她是《诗经》中最幸福的女子，没有倾国倾城之貌，也非王孙贵族，然而，就是这样一个平凡的女子，嫁给了爱情。

两千年前的女子，如此纯粹简单，最大心愿莫过于遇到

一个好人，组成一个家庭。人生灿烂如繁花，最佳的花期便是青春年少，在最美的时候，遇到惜花之人，这朵小桃花终于有了归宿。

出嫁，对于女子来说，或多或少会觉得伤感。父母可会不舍自己？夫家可会善待自己？

想到这里，她的眉间不禁浮起忧愁。

见状，众人祝福道："之子于归，宜其室家。"

多么温暖的一句话，他们告诉她："你若嫁去夫家，夫妻同心，生活将会和顺美满。"

这是亲友的祝福，也是她的心愿。

等了整整一日，黄昏之时，男子的身影出现在桃花林中，叩响木门，准备迎娶新妇。

《士昏礼》疏引郑玄《目录》云："士娶妻之礼，以昏为期，因而名焉。"

古时嫁娶在昏时，因而名为昏礼。若不在此时迎娶，则为不吉。儒家最是重视婚礼，从商议婚事到完婚共有六种礼节：纳采，男方请媒人去女方家提亲，若女方答应婚事，男方可备礼去求婚；问名，男方请媒人问女方的名字、生辰；纳吉，男方取回女子名字生辰后，进入祖庙占卜；纳徵，男方送聘礼；请期，男方择定婚期，备礼告知女方，征求女方同意；亲迎，女方婚前送嫁妆，隔日男方迎娶女方过门。

嫁娶是人生第一大事，齐家治国平天下，古人讲究先成家，后立业。六礼虽烦琐复杂，却是对男女双方的尊重，缺一不可。

《桃夭》中的男女，也是经历过六礼，方能成婚。

吉时已到，在一片欢闹声中，男子轻轻挽起女子的手，带着对未来的憧憬，走向了远方。

桃之夭夭，有蕡其实。之子于归，宜其家室。

从这句开始，便是虚写，是人们对新婚夫妇的祝福，类似于"子孙满堂"之语。

桃花开得如此美艳，将来必定结出硕果。愿新妇过门后，早生贵子，将生命进行延续。

桃之夭夭，其叶蓁蓁。之子于归，宜其家人。

这里是写桃花的叶，枝繁叶茂。人们献上最后的祝福：和睦共处，家业兴旺。

百年之后，二人老去，子孙后代亦会如桃花般绚丽。

无论是"有蕡其实"，还是"其叶蓁蓁"，只要那对夫妻快乐，皆是圆满。

这首诗仿佛一幅水彩画，闭上眼，就能望见十里桃花，听到女子欢声笑语，恨不得穿越千年，亲身经历一场爱情。

　　桃花作为中国古典文学中的经典意象，被人吟咏了千年。诗人提笔写下了一个个关于桃花的故事：陶渊明的世外桃源，崔护的人面桃花，唐伯虎的桃花坞。

　　历史的长河中，桃花时而灵动，时而娴静，时而妩媚，时而活泼。

　　然而，并非所有的桃花都鲜艳动人。多情的你，可还记得林黛玉的那首《桃花行》？

桃花行

桃花帘外东风软，桃花帘内晨妆懒。

帘外桃花帘内人，人与桃花隔不远。

东风有意揭帘栊，花欲窥人帘不卷。

桃花帘外开仍旧，帘中人比桃花瘦。

花解怜人花也愁，隔帘消息风吹透。

风透湘帘花满庭，庭前春色倍伤情。

闲苔院落门空掩，斜日栏杆人自凭。

凭栏人向东风泣，茜裙偷傍桃花立。

桃花桃叶乱纷纷，花绽新红叶凝碧。

雾裹烟封一万株，烘楼照壁红模糊。

天机烧破鸳鸯锦，春酣欲醒移珊枕。

侍女金盆进水来，香泉影蘸胭脂冷！

胭脂鲜艳何相类，花之颜色人之泪。

若将人泪比桃花，泪自长流花自媚。

泪眼观花泪易干，泪干春尽花憔悴。

憔悴花遮憔悴人，花飞人倦易黄昏。

一声杜宇春归尽，寂寞帘栊空月痕！

真是好诗！将桃花的美与伤咏到了极致，后人再难超越。这首《桃花行》由景写情，世人眼中的桃花何等明媚，唯有黛玉看透了明媚背后的苍凉。

倘若美人如桃花，会不会有一朵花被人遗忘？明媚鲜妍能几时，终究难逃随风飘零的命运。黛玉便是这般命薄福浅的桃花，身处人际关系复杂的贾府，她冷眼分明，清楚心中所爱，也明白爱而不得。

写下这首诗，便是写下自己的结局。

当宝玉看到这首诗，他并不称赞，只是痴痴呆呆，竟要滚下泪来。

他读懂了林妹妹的诗，却还是没能成为一个惜花人。花开花落，是谁负了谁的一片相思？今生她还泪，来生他是否能还情？

林黛玉终究没能穿上嫁衣，缠绵病榻之时，焚诗断情，一口鲜血染红了雪白的帕子，红的红，白的白，像不像冷月下的桃花？

冷月葬花魂，一一应验了。

又是陌上花开时，年轻的姑娘坐在墙头，将那首旧歌轻轻哼唱："桃之夭夭，灼灼其华。之子于归，宜其室家。"

她在等着情郎！

她等不到情郎……

不要以为桃花只关乎爱情，当刘禹锡遇到桃花时，却是误了一生的前程。

刘禹锡素爱桃花，听闻长安城玄都观内的桃花开得正艳，便和好友柳宗元同游玄都观，写下关于桃花的诗《游玄都观》：紫陌红尘拂面来，无人不道看花回。玄都观里桃千树，尽是刘郎去后栽。

一首简单的咏桃诗，在别有用心的人眼中，便是挑起纷争的利剑。朝中有人歪解此诗，诬陷刘禹锡是挟邪乱政，不宜在朝，陛下闻之大怒，一道圣命，刘禹锡再次被贬，连同柳宗元一起被贬。

万没想到一首诗竟招来无端祸事，这桩"桃花诗案"震惊长安，令当时多少文人不敢再提笔咏桃。

柳宗元主动上书，请求与刘禹锡互换流放地，自己去播州，刘禹锡去柳州。只因播州乃是贫苦之地，刘禹锡尚有母亲在世，不应受此困苦。后来，各方说情，刘禹锡不必去播州，而是去了连州。

两位挚友就此分别，天各一方。

819年，柳宗元病逝于柳州，直到生命的最后，他也没能回到长安城。

十四年后，刘禹锡回到长安，他又去了玄都观，空荡荡的院子，不见一株桃花，一时间心中涌起万般苦涩，他提笔写下《再游玄都观》：

百亩庭中半是苔，
桃花净尽菜花开。

> 种桃道士归何处，
>
> 前度刘郎今又来。

桃花净尽，刘郎又归，只是故人已经不在人世。

一株桃花，误了两个男人的半生。

在刘郎心中，桃花从来没有消失，而柳宗元早已成了盛开在他心中的永生之花。

3. 周南·卷耳——相思树下说相思

采采卷耳，不盈顷筐。嗟我怀人，寘彼周行。

陟彼崔嵬，我马虺隤。我姑酌彼金罍，维以不永怀。

陟彼高冈，我马玄黄。我姑酌彼兕觥，维以不永伤。

陟彼砠矣，我马瘏矣。我仆痡矣，云何吁矣。

那青山绿水之间，已经不见君子的身影，只剩佳人独自坐在南山之上，拾起卷耳，细数流年。

清风又起，吹动了女子的相思心，她轻叹：我的爱郎啊，何时归来？

如果相思也有颜色，那必定是一抹红，宛若女子薄唇上的胭脂，指尖上的凤仙花，惊艳了世间男子。

卷耳，应该是最古老的相思草。那时候，还没有相思红豆、一尺素绢，唯有山野间生长着的卷耳，见证着浓浓爱意，倾听着女儿家的心事。

千百年来，许多人都想揭开卷耳的真实面目。有人认为它是石竹科卷耳，嫩芽可食，也有人认为它是菊科的苍耳，相思之草，随处可生。其实，不必纠结卷耳为何物，只需知道，爱在千年前，此物最相思。

诗中，女子走在山林间，摘下一棵棵卷耳，轻轻放入竹筐中。不知怎么回事，今日总是有些心不在焉，采了半日，也装不满小半筐。

怕是遇到了心事。能令女子如此伤神的事情，大概就是爱情吧！

女子看着半筐卷耳，眉宇间弥漫着忧伤，又想起那位心上之人：此时，他在做什么？相思入骨，心里装满了旧时的回忆。不知从何时开始，她总爱眺望远方，想象着他归来的样子，漫漫长路，必定是风尘仆仆，这一路，他要遭受多少风雨险阻？她不敢想下去，却又不能不去想。女子啊！在胡思乱想中生出担忧，又在担忧后自我安慰，思念不休，惆怅不止。

她再也无心采卷耳，随手将竹筐丢弃到路旁，卷耳散落一地，正如她四处流淌的相思情。

犹记得相恋之时，他们漫步郊野，她指着路边的绿植，好奇地问："那是什么？"

他笑着回答："卷耳。"

她摘下一棵卷耳，郑重地递到他手中，仿佛将终身幸福都交给了他。

后来，他走了，要去很远很危险的地方。

她微笑着送他离去，笑得如此勉强，如此凄凉。

日子久了，心中忍不住开始思念他。

女子在思念着爱郎，远方的爱郎又何尝不思念她！离别之后，杳无音信，女子一日日一年年地等着盼着，男子亦是如此，同样的不舍之情，天涯海角，相思不弃。

世界的另一个地方，男子跋山涉水，行过高山峻岭，早已疲惫不堪。荒野上，马蹄声渐渐消失，一人一马累倒在路上。歇息时，他无意间瞧见路边的卷耳，心中闪过姑娘的身影：此时，她在做什么？

昔日，他们同采卷耳，互诉衷肠，走遍山川河流，也丝毫不觉得疲惫。如今，佳人不在身旁，他每行一步都觉得心中苦闷。何以解忧？唯有饮酒。

"我姑酌彼金罍，维以不永怀。""我姑酌彼兕觥，维以不永伤。"男子只觉斟满一杯烈酒，一饮而尽，以慰心中之伤。

离家的人，岂能不怀不伤？酒入愁肠，只怕是愁上加愁。不仅男子心悲，就连仆人也心累，主仆二人饮下一杯杯浊酒，苦涩浓烈，愁苦聚在心头，久久不能散去。

分离，是每个恋人都会经历的过程，一种愁绪，两处相思。二人相隔千里，相思之情好似一根看不见的红线，将两个人的心紧紧相牵，剪不断理还乱的线，唯有两人相见，此情方可消。

那女子的爱郎有马有仆，是一位身份高贵之人，此次远途跋涉，应是为了国家和黎民，征战沙场。然而，离家多年，钢铁般的男儿终究还是想家了，咽下一口浊酒，满嘴都是辛辣，哪里还能品出美酒的滋味！男子醉倒在月光下，长叹道："我想她了。"

天涯明月共此时。那个夜晚，女子站在庭院中，说着同样的话："嗟我怀人。"

远方的爱郎啊！我知寒风凛冽，我知刀剑无情，我知关山难越，君且放心，无论是十年，还是二十年，我都会在此等候。只愿归来时，君心未变。

次日清晨，女子又背着竹筐，往山中走去，踏过熟悉的山路，采采卷耳，绵绵情意，相思不移待君归。

终有一日，他会回到她的身旁，温柔地问一句："卷耳难采，可愿同行？"

"衣带渐宽终不悔，为伊消得人憔悴"的上一句是"拟把疏狂图一醉，对酒当歌，强乐还无味"。伫立高处，极目远望，借酒消愁，每个伤情之人大抵都是如此，在孤独中迷茫，在失意中情伤，为了所爱之人，身体渐渐消瘦，衣带慢慢宽松，宛若寒风中枯黄的落叶，一身憔悴，随风飘零。

柳永又在思念何人呢？半生放浪不羁，沉醉于秦楼楚馆，他这一生结识了太多流落风尘的女子，有时候，也会将她们的故事写进词中，让世人明白何为情，何为思。

总会有人对儿女情长的诗句不屑一顾，甚至会给作者贴上某种标签。殊不知，人性复杂，世事无常，没有人生来便拥有鸿鹄之志，也没有人甘愿一生流离，若能选择，谁不愿飞黄腾达，前程无忧？当庙堂拒他，君主厌他，柳永只能回到自己的江湖，成为一个红尘客。他懂青楼女子的无奈，懂市井之人的卑微，懂羁旅生活的困苦，倾听着他们的故事，将故事写成诗，那些故事都值得流传千古。

千年前，有诗句"采采卷耳"，千年后，有诗句"衣带渐宽终不悔，为伊消得人憔悴"。爱情本就是人生必经之路，走得越远，越是珍贵。

世人都言相思苦，有爱之人才会明白此种复杂的愁绪，此情无计可消除。并非无计消除，而是不愿消除，宁受相思苦，不做薄情人。

谁不是红尘中的有心人！

4. 召南·甘棠——棠梨树下不见君

蔽芾甘棠，勿翦勿伐，召伯所茇。
蔽芾甘棠，勿翦勿败，召伯所憩。
蔽芾甘棠，勿翦勿拜，召伯所说。

暮春的暖阳透过甘棠枝丫，倾洒在召公的白衫上，公子如玉世无双。他望着远处的河山，眸中浸着几分欢喜，几分欣慰。清风吹过，甘棠花如白雪般簌簌而落，不知不觉间，已是落花时节。

他拾起数片落花，酿酒烹茶，似在等待故人。然而，他等的人，终究不会回来了。

曾经，就在此处，他们倚江抚曲，曾凝眸伫立，生死不移……

甘棠，棠梨树，花期长达四五个月，花瓣五片，洁白如雪，果子酸甜，是不少人记忆中难忘的童年美味。

蔽芾甘棠，勿翦勿伐，召伯所茇。

郁郁葱葱的棠梨树，不要剪，不要砍，这曾是召伯居住的地方。

勿翦勿败，召伯所憩。不要剪，不要毁，这曾是召伯休息的地方。

勿翦勿拜，召伯所说。不要剪，不要拔，这曾是召伯停歇的地方。

一盏茶，依旧。

一杯酒，如初。

春去秋来，棠梨树下已不见召伯的身影。

棠梨花开，百姓们坐在树下，又将旧日的故事娓娓道来……

召公并不是那人的名字，他拥有古老高贵的姓氏——姬。姬姓的得姓始祖为黄帝，黄帝因长居姬水，故以姬为姓，黄帝又称姬轩辕。

他本名姬奭，是姬发同辈宗亲兄弟。

兄弟二人，也曾策马同游，谈笑风生，看尽江山好风光。或许，姬奭也会追在姬发的身后，喊着："兄长，等等我……"

在姬奭心中，唯有姬发称得上王者。他想，兄长为君王，自己便为贤臣，一辈子都不分开。

纣王残暴，姬发起兵伐纣，姬奭毫不犹豫地跟随，为天下黎民百姓谋太平。

小时候爱看《封神榜》，合上眼，脑中满是神仙妖怪的打斗场面，兴奋得久久不能入睡。长大后，方知战争的惨烈，真正的武王伐纣，哪里有什么天降神兵，最原始的战争只依靠冰冷的武器和一腔热血，腥风血雨，你死我亡。

关于伐商，《诗经·大雅·大明》中记载过此事，称其为"燮伐大商"，意思是快速偷袭讨伐大商。战略方法很是简单：趁大商主力军滞留东南之时，周军进攻朝歌，占领商都后，周边附属小国犹如一盘散沙，不费吹灰之力便可击破。颇有些"擒贼先擒王"的意思。

公元前1046年，周武王姬发亲率精锐出兵东征，联合其他部族，日夜兼程北上，于牧野开战。

这是历史上著名的以少胜多的战役。战前，武王作《牧誓》："古人有言曰：'牝鸡无晨；牝鸡之晨，惟家之索。'今商王受，惟妇言是用，昏弃厥肆祀，弗答……以役西土，勖哉夫子！尔所弗勖，其于尔躬有戮。"

一番慷慨之言令士气大振，誓师后，联军浩浩荡荡杀向朝歌。

拂晓之时，空气中弥漫着薄雾，牧野之上传来厮杀的声音。姬奭手握铸刻族徽的青铜戟，立于战车之上，与武王同生共死，奋勇杀出一条血路。这是他们的生路，更是百姓的自由之路。

鲜血染红了大地，像极了东方冉冉升起的红日。这一战，商军大败，周军凯旋笙歌。纣王于朝歌鹿台，自焚而死。

武王举行祭社大礼时，周公旦手持大钺，姬奭手持小钺，跟随左右，好似武王的左膀右臂。武王向上天和百姓宣告纣王之罪，建立西周王朝。从此，四海安定，天下迎来了久违的太平。

周朝实行分封制，周天子将土地分封给王室子弟、功臣或帝王后裔。姬奭既是宗族，又是开国功臣，被封燕国，乃是一方诸侯。

那时，天下初定，各方势力蠢蠢欲动，姬奭深知周朝尚不安稳，他派遣长子去往封地，自己留在镐京，继续辅佐君王。

武王心中感动，下令将都城附近之地召封给姬奭，故天下人称其召伯。

他已是一人之下万人之上，何等尊贵，治国之能不输君王，离天子之位仅一步之遥。

位高权重者有几人不想更进一步？召伯却从未想过，他有自己的追求，国泰民安，便是心中所愿。

巡查封地时，他不愿劳民伤财建造房屋，望见棠梨花淡雅朴素，便命人在树下搭一个简陋的草棚，在此断案，处理政事。

树叶茂密，恰能遮挡烈日，偶尔拾起几片细小的落花，泡酒烹茶。

人人皆知召伯公正严明，时常微服出巡，在他治理期间，不敢做任何歹事。

公元前1043年，武王姬发去世，召伯大悲。

当年驰骋沙场的画面，历历在目，如今只剩他一人。

召伯带着对故人的思念，留在这座城，辅佐新帝姬诵，担任三公之一的太保，守着与武王一同打下的江山，不离不弃。

周成王姬诵过世后，又将其子姬钊托付给召伯。姬钊即位之时，召伯反复劝诫："王业来之不易，重在节俭，不贪不欲，以诚信治理天下。"

姬钊谨记此言，与召伯开创了"四十年刑措不用"的

"成康之治"。

他登上城楼，伫立凝眸，默默地问："这盛世，可如武王所愿？"

远方传来大雁的长鸣，他仿佛听见了回应。纵然已是孤臣，他依旧要守好周朝。

终有一日，召公也将油尽灯枯。

落花时节，他拄着竹杖，迈着蹒跚的步伐，一步一步走到棠梨树下，手指缓缓抚摸着斑驳的树身，回望一生，泪眼婆娑。

他长叹道："不负……"

这一生，他没有辜负姬发兄长的期望，不负重托，不负此心，不负天下。

忆往昔，手握斧钺，伴王左右，何等英姿！如今，饱经沧桑，一颗心依旧如当初那般炽热。

他倚在棠梨树下，安详地闭上了双眼，含笑而终。

召伯过世后，人们不忍砍伐棠梨树，悉心照护，并作一首《甘棠》来怀念他。

花开花落，棠梨树下，是谁将旧事轻轻说？

可爱的旅人，蔽芾甘棠，勿翦勿伐，勿翦勿败，勿翦勿拜。

留住这棵棠梨树，就是留住召伯的仁德之心。

不禁想到了江东双璧。

乱世之年，周瑜时刻守在孙策身边，跟随孙策南征北战。

孙策喜欢热闹，周瑜喜欢安静。孙策随性而为，周瑜冷静克制。孙策用一句"外事不决问周瑜"将天下和豪情都给了他，而周瑜用余生来还这份"债"。

他们是高山流水的知音，是生死不离的兄弟。

众人皆知周瑜会有更好的前途，但他依旧留在孙策身边，担任中护军一职。孙策病逝之时，周瑜伏在木棺前，泣不成声。月有阴晴圆缺，人又岂能幸免。缘来缘去皆是注定，他与孙策的缘已经尽了。

这乱世就像棋局，有人在棋盘上厮杀，留下了恨，有人在棋盘上相遇，留下了爱。

倘若周瑜读到《甘棠》，会不会拿到孙策面前，问他一句："这故事中的人与我们，像也不像？"

召伯不在，其德尚存。

5. 周南·汉广——一寸相思一寸灰

南有乔木，不可休思。汉有游女，不可求思。

汉之广矣，不可泳思。江之永矣，不可方思。

翘翘错薪，言刈其楚。之子于归，言秣其马。

汉之广矣，不可泳思。江之永矣，不可方思。

翘翘错薪，言刈其蒌。之子于归，言秣其驹。

汉之广矣，不可泳思。江之永矣，不可方思。

汉江之水奔流不息，血色残阳映在澎湃的浪上，染上一层无尽的哀伤。

年轻的樵夫又来到江畔，回忆起那人的音容笑貌。一代佳人，翩若惊鸿，宛若游龙，举手投足皆是风韵。可惜，落花有意，流水无情，并非所有的爱都能得到圆满的结果。

樵夫爱上了一个南方女子，是缘还是劫？他憨厚坦诚，她清冷如霜，他追逐，她拒绝，这注定是场无果的爱情。

南有乔木，不可休思。

乔木指树身高大的树木，南有乔木，然而高木无荫，树下不能乘凉歇息。

以乔木兴汉水之上游玩的女子，对于樵夫来说，却是可望而不可即。

诗中并未描写女子的容貌，不妨猜测一下，"游女"究竟是何相貌？

《诗经》中的女子大都是姿容秀丽的美人，这位女子能让樵夫久思不忘，想必有其可爱之处。

也有人将"游女"理解为汉水之神。古人认为山水都有灵性，名山大川皆有神明守护，洛水有洛神宓妃，巫山有神女瑶姬，湘水有娥皇与女英。秦人王嘉的《拾遗记》中记载汉水之神乃是两名女子。西周中期前后，东瓯献二女，一名延娟，一名延娱，二女子能言善辩，貌美善歌，走在尘土上不会留下脚印，走在阳光下不会出现影子。后来，她们与周昭王乘舟，溺于汉水之中，死后化为神女。

那女子让樵夫一见倾心，樵夫也曾委婉地表达心意。不过，却遭到了女子的拒绝。

他认清了现实，知道自己身份卑微，一介樵夫而已，怎能奢望本不属于自己的繁华！所以，他没有像《关雎》中的男子继续追求，而是选择默默地守护，每日远远望上一眼，便已心满意足。

这是他的爱情，一个人的爱情，如同舞台上的独舞者，坚强且孤单。

汉之广矣，不可泳思。江之永矣，不可方思。

江河滔滔，如此宽广，想要渡过是不可能的。江河悠悠，一望无际，乘木筏渡过也是不可能的。

那江河真的无法渡过吗？不，如果想要渡过，哪怕是万水千山，也总有办法渡过。但是，对于樵夫来说，即使渡过江河，又能如何？所爱之人，可见不可求，在江水彼岸，在永远不可能到达的心之彼岸！

爱而不得，便成忧思。

柴草杂乱丛生，只能用刀割去荆条、蒌蒿。此时，男子的内心正如柴草，乱得一塌糊涂。

他时常会幻想女子出嫁的场景，她身披嫁衣，坐上他的马车，拜天地……

之子于归，言秣其马。

之子于归，言秣其驹。

若女子嫁给自己，他一定将马驹喂饱，欢天喜地地将爱人迎回。

多美的梦！他终于可以站在她的面前，牵起她的右手，亲吻她的额头。

他宁愿迷失在梦境里，永不醒来。

梦醒之后，幻想破灭。他依旧深处山林，日复一日上山砍樵，离那位姑娘越来越远。面对浩浩江水，他只能将心中的愁绪唱出："南有乔木，不可休思。汉有游女，不可求思。"

远方的姑娘，你可听到痴情人的呼唤？

这位樵夫所求不多，他只希望姑娘能偶尔回过头，望一眼他执着的目光。

相比之下，《关雎》中的男子是何其幸福！琴瑟友之，钟鼓乐之，便可求到佳人。

对于樵夫来说，琴瑟钟鼓太贵重，佳人太难求。

全诗八个"不可"，男子该有多么绝望！

不过，他并没有在绝望中堕落，他继续伐木刈薪，等待着姑娘回心转意。

　　人们应该都听过这样一句"鸡汤"：不试一试，怎么知道结果？

　　樵夫不敢去试，他怕再前行一步，会惊了游女，彻底扰乱彼此的生活。

　　试一试，谈何容易！如果没有强大的内心，没有做好输的准备，就千万不要轻易去试，脆弱的人真的承受不住"试一试"的结果。

　　清朝余杭有一位带发修行的女子，名叫云仙。许是像妙玉那般出身大户人家，满腹才华，在云栖寺和烟霞洞之间，修筑了一处清修之所。

　　一琴一瓢，一炉一钵，安静度日，观四季风景，赏朝暮浮云。

　　一日，年轻的书生闯进了她的世界，将那如水墨画般的人生染得五彩缤纷，从此，她陷入情劫，虽身离喧嚣，心却恋上红尘。

爱上一个人或许就是一瞬间的事情。男子名顾皋，字晴芬，貌比潘安，携琴游于湖上，女子顿时心猿意马，放弃了修行，决心展开一段旖旎情缘。

后来，那书生金榜题名，却没有回到云仙庵找她，甚至连一封书信都未曾寄给她。

若是清醒明白之人，大都能懂得这是怎样一桩故事！

凉薄，负心……

才子佳人的故事。

她以为自己是那人一生所爱，殊不知那人将她看作过眼云烟。

这个傻女人啊，偏偏不甘心，她写下一封书信，信中写了他们相识、相知，也写了相离、相思。

信中有一言，尤为让人心痛："经云：照见五蕴皆空。我说，五蕴皆空，即非五蕴皆空。作如是观，何住应云耶？此吾堕落苦厄障中，君能一度否？"

她为了他，深陷苦海，众生皆苦，修行之人一旦入世，便是苦上加苦。她只能问君一句：你可能将我救赎？

度日如年，辗转不安，一颗心无时无刻不在煎熬。这场情缘，是该了断？还是该继续？

终究是凡人，一朝动情，再难静心修行。若当初不曾相遇，是不是就不会有那么多的悲欢离合？

信中最后一句："质之金马玉堂之人：当如何发付我也。"

她只想知道，春风得意的状元郎，要如何发落她？

不知她有没有收到回信？若收到，又该是怎样一封回信？

我查阅许多资料，都没有找到两人的结局。细细想来，这二人若得圆满，早就传成一段佳话，如今未有记载，只怕……

或许，在云仙寄出那封信的时候，便已经知道结果。

她只是不甘心罢了！想试一试，这一试，得了真相，也断了尘缘，从此青灯古佛，了此残生。

顾皋仕途平坦，历任内阁学士、礼部侍郎、工部侍郎、户部侍郎和侍读学士等职。

道光八年，顾皋称病辞官回到故乡无锡，从此闭门不出，诗书为伴，少与外人来往。道光十一年病逝，享年七十岁。

生命的最后一刻，不知他会不会想起云仙庵中的那位女子。

曾在网上看到过顾皋楷书拍卖，那楷书写的《般若波罗蜜心经》，想来，云仙在他生命中也曾留下过痕迹。

他爱抄写心经，爱青山绿水，爱绘竹兰，都与她有关。只可惜，缘来缘去，无花无果，谁也没能将谁度化……

今生，谁是谁的劫？来世，谁是谁的缘？

6. 邶风·柏舟——我心非石，忧思难解

泛彼柏舟，亦泛其流。耿耿不寐，如有隐忧。
微我无酒，以敖以游。

我心匪鉴，不可以茹。亦有兄弟，不可以据。
薄言往愬，逢彼之怒。

我心匪石，不可转也。我心匪席，不可卷也。
威仪棣棣，不可选也。

忧心悄悄，愠于群小。觏闵既多，受侮不少。
静言思之，寤辟有摽。

日居月诸，胡迭而微？心之忧矣，如匪浣衣。
静言思之，不能奋飞。

一叶扁舟漂荡在河水中，承载了多少人的愁绪。

女子独坐于舟上，双目空洞，没有一丝光泽。漫漫长
夜，她要如何熬过？是不是只有醉了，才能忘记伤她入骨之
人？依稀记得那人婚前的甜言蜜语，婚后虚情假意，她的
痛、她的恨，化为一滴相思血泪缓缓落下。这轻舟要去往何
方？哪里才是她遮风避雨的港湾？

有人主张此诗是写不受夫君宠爱的幽怨女子，有人则认
为是写不遇明君的臣子。一千个读者就有一千个哈姆雷特，

每个人都有各自的理解感悟，两千年前的诗句，谁也无法给出一个有理有据的答案。有些事情，不必太较真，读一首诗，品一段情，各有所悟，便无遗憾。

其实，无论是写女子，还是写男子，他们皆有共同之处——失意。

若主人公是位女子，那一定是段悲伤的故事。

泛彼柏舟，亦泛其流。柏木做的小舟漂荡在水中，无所依靠，恰似女子惆怅的心，飘荡不定。

想来，这又是一个不眠夜。

女子"耿耿不寐，如有隐忧"，那画面应该是：明月当空，美人独自坐在小舟中，望着滔滔江水，眉头紧锁，一副心事重重的样子。

她想喝酒，却没有一坛酒能解心中忧愁，举杯消愁愁更愁，醉了又如何？只能暂时麻痹内心，醒来依旧要面对无数愁事。倒不如"以敖以游"，去那僻静之处散心遨游。

排解忧愁的方式有许多，饮酒应该是最糊涂的选择，不但解决不了问题，还会耽误更多的事情。遨游四方，也并不是明智之举，心有困惑，走得再远又能怎样？走得出这座城，走不出心中的困境。逃避带来的后果是，烦恼越积越多，心情一日不能疏解。

女子感叹："我心匪鉴，不可以茹。"

她的心不是一面镜子，不能像镜子那般照出世间万物，无法包容一切。她想说，自己放不下，道不出。

人活于世，虽有亲人、有朋友，但不是人人都能静下心来，听她一言。

亦有兄弟，不可以据。

她也有骨肉至亲，不过，许是缺乏安全感太久，觉得兄弟不可以依靠。终于鼓足勇气要去倾诉时，正遇到兄弟烦心发怒，她只能闭口不言，默默离去。

俗话说：家家有本难念的经。人无时无刻不在面对善良与丑恶的考验，谁又能独善其身，无忧无虑呢？

她又叹："我心匪石，不可转也。我心匪席，不可卷也。"

她的心不是石头，不可任意转动，她的心不是草席，不可随便翻卷。她的心事太重，挪不动，搬不走，像是古老的树深深扎进泥土中，若要了却心事，需得连根带土一起拔除，那必然痛不欲生。

通过"威仪棣棣"四字，便能知道女子出身不凡，雍容娴雅，高贵不容诋毁。

这般自强的女子，硬生生被逼到了绝境，是何人所为？

下文给出了答案：愠于群小。

群小，在汉语中有四种解释，一为众小人，二为地位低下的庶民，三为仆从、婢妾，四为诸小国。

这些解释都有一个共同点——小。在王侯将相的年代，这些"群小"皆是配角，生活在最底层，受人冷眼，心怀怨恨，这些人做事往往没有底线，一句谗言，便可让人万劫不复。从古至今，掀起风云的正是这些微不足道的小人物。

试想一下，故事里的女子本是正妻，一群小妾在背后诬蔑女子不贞，女子将背负怎样的屈辱？或是她们联合在一起，搬弄是非，女子又要如何立身？

她静下心来思考，心痛难忍，只能不停地捶打胸口。"辟"和"摽"，都是捶打的意思。

日夜更替，忧愁堆积在心中，如同未洗净的脏衣服。

如匪浣衣，张爱玲最喜欢这个比喻。她说，那是一种杂乱不洁的，壅塞的忧伤。江南的人有一句话可以形容："心里很'雾数'。"

这是一种怎样的感觉？我仔细想了很久，决定这样描述：脏衣服堆积在盆旦，衣服上有清晰可见的污渍、煎炒烹炸的饭菜味、少许胭脂香粉之气，上面落着一层薄薄的灰尘。只要你看到衣服上的污垢，就会想起摔入泥坑中的画面，闻到衣服上的味道，便会想起柴米油盐的烦恼，最后，那股若有若无的香气，还会令你回忆起旧日的情伤。

这样一盆脏衣服整日摆在面前，谁见了不会作呕？恨不得一把火烧了才干净！然而，女子又舍不得烧，矛盾的心情像极了李煜笔下的"剪不断理还乱"，割舍不断，又理不清。

女子已经料到了自己的命运，"不能奋飞"应该是在说她无法追寻自由。

不知是命运的捉弄，还是性格的执拗，人似乎一直活在纠结中，不肯放过别人，也不肯放过自己。

明知自己深陷旋涡之中，为什么就不肯抽身而出呢？

盛唐之时，才女鱼玄机听到邻家女哭诉爱情的不幸，提笔写下《赠邻女》：羞日遮罗袖，愁春懒起妆。易求无价宝，难得有情郎。枕上潜垂泪，花间暗断肠。自能窥宋玉，何必恨王昌。

前三句字里行间透着悲凉，可最后一句却将剧情逆转，点睛之笔：自能窥宋玉，何必恨王昌。

宋玉，众所周知的美男子。王昌，亦是美男子。相传，洛阳有个女子名叫莫愁，十五岁时，嫁入门第高贵的卢家，一生锦衣玉食，儿女承欢膝下，然而，临死前，她却留有遗憾——自己没能嫁给王昌。

鱼玄机写下这句话，是为了告诉邻女，以她的风姿，自然能寻到一个宋玉那般的才子，何必执着于那个曾经抛弃自己的人呢！

先秦时期百家争鸣，男女思想开放；两汉魏晋时期，有分手，有殉情，有私奔；隋唐时期，更有女帝、女将。宋代之前，女子大都自由烂漫，无拘无束。即便如此，还是有不少女子伤春悲秋，自怜自伤。细想方知，束缚女子的根本不是封建礼教，而是爱情。

女子的心是柔软的，软到经不起一丝背叛，女子的心又是坚硬的，硬到载得动千万委屈。

若觉得女子的故事太过悲凉，不如换一个角度，看看主人公是男子，又该如何理解。

如果此诗是写男子，那他应该仕途不顺，屡遭奸佞小人构陷，心怀天下，却不受君王重视，满心苦闷无处诉说，身旁已经没有让他信任之人……

屈原便是这样的人，数次劝谏楚怀王，楚怀王从不纳谏，且故意疏远，后因上官大夫的逸言，被罢黜左徒之官，无法参与朝政，只能眼睁睁看着国家走向灭亡。最终，于农历五月五日，投汨罗江自尽。

世事一场大梦，人生几度秋凉？一腔抱负，不忍离开君主，不动远祸之心，不能展翅奋飞。

宦海浮沉，多少人怀才不遇，一生无法释怀，最终郁郁而终。

古来圣贤皆寂寞。这条路，真是一条孤独的路，愿路上之人永葆初心，与黑暗抗衡到最后。

7. 邶风·绿衣——长情

绿兮衣兮，绿衣黄里。心之忧矣，曷维其已？
绿兮衣兮，绿衣黄裳。心之忧矣，曷维其亡？
绿兮丝兮，女所治兮。我思古人，俾无訧兮。
絺兮绤兮，凄其以风。我思古人，实获我心。

晚风乍起，冷月无声，昏暗的烛光下，男子正在整理御寒的衣物，目光深深地凝视着一件绿衣，睹物思人，心生忧伤。前尘往事一幕幕从眼前划过，他又想起过世多年的亡妻，天人永隔，他们终究不可能再相见。

十年生死两茫茫，多少往事化为云烟，唯有爱情，永不腐朽。

许多爱情都值得珍视，比如，绿衣之爱。

闻一多先生《风诗类钞》中写道："妇人之服，不分衣裳，上下同色，此曰绿衣黄裳，知是男子之服。"这件绿衣应是妻子在世时做给丈夫的御寒之物。

人类的日常便是衣食住行，衣为首位。古人注重衣着，春夏秋冬，皆有不同的衣衫。以前，妻子会将衣衫折叠工整，放进衣柜中，再放些香囊草药，穿衣之时，总会闻到一股淡香。

他双手捧起绿衣，如获至宝，翻里翻面地看，绿色的面子，黄色的里子，无数丝线将其缝制，多么贵重，多么珍贵。他叹道："叹之忧矣，曷维其已？"

心中的忧伤，何时才能停止！

"绿兮衣兮，绿衣黄裳。"他看得那样仔细，绿色的上衣，黄色的下裳，颜色搭配得古朴素雅，是他们二人钟爱的色彩。

那一年，初见妻子时，他也是穿着一袭淡绿衣衫，宛若雨后新竹，一言一笑，皆有风流之气。妻子一袭鹅黄衣裙，可爱温婉，让人一见钟情。回家之后，他便提亲纳彩，将佳人迎娶回家。

妻子一生善良贤惠，待人处事，宽容大度，从不计较个人得失。偶尔也会发些小脾气，那是为了让夫君更加疼爱怜惜她。

回忆从前，总是心痛万分。他又叹："心之忧矣，曷维其亡？"

心中的忧伤，何时才能忘记！

自君别后，行也思君，坐也思君，这漫漫思念何时方能结束？他忘不了，也不想忘，宁愿余生在痛苦中度过，也不愿忘记旧日的点点滴滴。

绿兮丝兮，女所治兮。

男子由衣想到丝，一针一线，都是妻子对他的关爱。以丝织衣，织出的何止是精美的布料，还有细腻如绵绸的情感，盘踞的丝线，一丝一缕都是爱。

他记得妻子曾坐在灯火旁，青葱玉指，穿针引线。绿衣仿佛还残留着妻子的气息，此去经年，便有千种苦涩，更与何人说？

常言道：家有贤妻，夫无横祸。妻子在世时，总会提醒他、劝勉他，使他不犯错误。治家严谨，井井有条，好似绿衣上密密缝制的丝线。

自从妻子过世后，无人照顾他，他的生活变得一塌糊涂。"絺兮綌兮，凄其以风。"这句写得格外真实。细葛布、粗葛布的衣衫堆放在一起，杂乱如麻。降温之后，男子找不到厚衣，只能穿着单薄的夏衣，忍受着冷风钻衣。

没有女子的家，便不像家。若男子一个人生活，就不会打扫窗前的灰尘，院中的落花，什么事情都喜欢将就，将就着吃，将就着活。

"我思古人，实获我心。"最后一句，道出所有的真情。只有妻子，能贴合他的心意，懂得他的心。

是不是只有离别的瞬间，才知道时光可贵？是不是只有失去某人后，才知爱有多深？

人就是这样，拥有的时候，不懂珍惜，失去以后，追悔莫及。有她的日子，习以为常，觉得一切都是理所应当，当她离去，才知她的柔情，无人可以替代。

这世上，除了绿衣，再也找不到合身的衣裳，除了妻子，再也没有体贴他的人。

曾经约定举案齐眉，白头到老，到最终，这些誓言终成一场空。

想来女子在世时，应该极为贤惠，将家中打扫收拾得井井有条，没有一丝尘埃。夫妻二人一起走过风风雨雨，她走后，他的生活便已经停止，今日重复着昨日的事情，明日重复着今日的事情，日复一日，浑浑噩噩。人生漫漫，未来的十年、二十年，他还要在痛苦中度过。自她离世后，这屋中的摆设便从来没有动过。

这夜如此漫长，他将绿衣紧紧抱在怀中，仿佛将妻子拥在怀中……

最动人的悼亡词，永远都是写生活琐事，一茶一米，皆有故人的身影，字里行间既是生活，又是无奈。

看到《绿衣》，便会想起另一首悼亡词，宋代贺铸重游苏州时，写下悼亡妻子的词《鹧鸪天》："重过阊门万事非，同来何事不同归？梧桐半死清霜后，头白鸳鸯失伴飞。

原上草，露初晞。旧栖新垅两依依。空床卧听南窗雨，谁复挑灯夜补衣？"

贺铸曾和妻子赵氏住在苏州，在如画的江南留下无数的回忆。

这年，他再来苏州，只觉得物是人非。当年，妻子与他同来苏州，而今，却不能与他同归。他的心好似清霜打湿梧桐叶，凄凉孤寂，他的身好似失伴的鸳鸯，彷徨独飞。

他重返故居，望着空荡无人的庭院，冰冷潮湿的床榻，落满尘埃的纸笔，满眼都是苍凉。他想起那年酷暑，赵氏挑灯为他缝补冬衣，他不解，笑问妻子为何如此着急？妻子道："古时有人临到女儿快出嫁了，才想起去请郎中医治女儿脖子上的疮疤。若冬衣等到穿时再补，岂不是和古人一样愚笨！"

故园依旧在，却再也无人为他缝补冬衣。

我们常说时间能够缓解一切的伤痛，诗中男子的痛并没有因为时间的流逝而消减，没有愈合不了的伤口，只有割舍不掉的情。倘若这段情真的难以放下，不如试着将爱延续下去。

明代归有光的散文《项脊轩志》，曾描写过这样一段情节："庭有枇杷树，吾妻死之年所手植也，今已亭亭如盖矣。"

妻子亡故之年，他亲手种下妻子最爱的枇杷树，那时候，家中的女儿还很小，并不知父亲心中的伤痛。

当枇杷果成熟的时候，他总会摘取最大最圆的几个果子，放在妻子的坟前，想起妻子曾经的笑容，那样的满是温暖。岁岁年年，他精心浇灌，多年过去，不知不觉间，枇杷树已经长得跟屋顶一样高，枇杷果的味道一如当年，甜蜜、鲜美。

女儿到了出嫁的年纪，整日待在闺房中绣着鸳鸯嫁衣，唇角微笑，脸颊羞红，掩饰不住内心的喜悦。女儿的笑容像极了妻子年少时，他不禁猜想，当年妻子嫁给自己时，会不会也是这般神情？

出嫁那日，他心有不舍，却还是将枇杷树砍下送给女儿作嫁妆，愿伉俪情深，不输他与亡妻。

他砍去这树，不是为了断情，而是为了圆情。

这是爱的延续，是对下一代的祝福。

无论是绿衣之情，还是枇杷之爱，都是最长情的告白。岁月悠悠，光阴似箭，万物变迁，唯有爱从未改变。

8. 卫风·硕人——最是无情帝王家

硕人其颀，衣锦褧衣。齐侯之子，卫侯之妻，东宫之妹，邢侯之姨，谭公维私。

手如柔荑，肤如凝脂，领如蝤蛴，齿如瓠犀。螓首蛾眉，巧笑倩兮，美目盼兮。

硕人敖敖，说于农郊。四牡有骄，朱幩镳镳，翟茀以朝。大夫夙退，无使君劳。

河水洋洋，北流活活。施罛濊濊，鳣鲔发发，葭菼揭揭。庶姜孽孽，庶士有朅。

盛世红妆，鼓瑟鸣琴，好像在诉说着喜悦，又似乎在掩盖悲伤。华丽的接亲队伍走过千山万水，迎娶尊贵的公主。在一片喧嚣声中，女子缓缓踏上马车，不悲不喜，面如石像。

她是世间最美的新娘，亦是世间最可悲的新娘。虽贵为公主，却沦为乱世中的一枚棋子。美人啊美人，从来没有选择的权利。

一首《硕人》，让她名垂青史。她的美穿越千年，成了后人心中的一道伤。

史料中没有记载她的真实名字，她姓姜，是齐庄公的女儿，齐国尊贵的公主，后嫁给卫庄公，人们便叫她庄姜。

姜姓，中国最古老的姓氏之一，炎帝出生于姜水，故姓姜。后姜子牙跟随武王伐纣，立下汗马功劳，封地为齐。姜是齐国皇族的姓氏，庄姜身为齐国公主，既享受着无忧的人生，又背负着护国的使命。

自记事起，便有宫人教她礼仪宫规、读书识字，她从未想过要做什么样的人，要拥有什么样的人生。兄长们可以微服出巡，畅谈国事，而她只能待在空荡荡的宫殿中，努力学习做一个贤良淑德的女子。

她活得小心谨慎，不敢行错一步，生怕惹怒了父亲。宫中的日子漫长又凄冷，看似风光，实则辛酸。她也曾有过一段恣意潇洒的日子，年少之时，偷偷爱过一个君子，期盼着有朝一日，能嫁给君子为妻。可她爱上的人都渐渐远去，不知是天意，还是人为。总之，她从未遇到过愿意求娶自己的男子。

姊妹们一个个远嫁，离她而去。她时常登上城楼，遥望远方，忍不住开始幻想自己的未来，自己会嫁给谁？会过怎样的生活？

直到有一日，父亲告诉她："你要嫁去卫国。"

容不得她反对，这是父亲的命令，她只能微笑接受，并且要叩首谢恩。

做棋子就要有做棋子的样子，她从小就明白这个道理。

她要嫁给一个素未谋面的男子，没有人问她愿不愿意。这就是公主的宿命，用一个女子换取两国和平，多么简单的方法，不费一兵一卒，便可永享安宁。

　　卫国的贵妇们送上一件件贺礼，金银玉器，堆积如山，她半点儿也不喜欢，却还是要笑着道谢。这些年，她学会了微笑，麻木的微笑。

　　月色清冷，她独坐在石阶上，望着自己成长的地方，心中泛起阵阵不舍。过不了多久，她就要永远离开这里，去往另一个王宫，余生便要在那里度过，真是悲伤！

　　忽然，她产生了一个大胆的想法：逃离。

　　不过，她很快就打消了这个念头。她能逃到哪里去呢？逃出去，自己又该如何生存？从小到大，别人只教她接受，无人教她逃避。

　　身为女子，终究太过软弱。

　　无奈，她只能认命。

　　那一年，齐国的公主出嫁了。

　　破晓之时，便有宫人入殿，为她梳妆盘发，她如木偶一般任人摆布，铜镜前的自己，倾国倾城，让她觉得陌生。

　　浩浩荡荡的迎亲队伍，十里红妆，锦绣华服，火红披风，何等风光，这是多少女子的梦。

　　庄姜坐在马车上，回望城楼上偷偷拭泪的母亲，心彻底碎了。

　　她想流泪，却不能流泪。今日，是出嫁的日子，贵为公主，绝不可以哭。

　　人们望见她修长优雅的身影，眼神中有羡慕，有嫉妒，他们开始议论起她的家世，"齐侯之子，卫侯之妻，东宫之妹，邢侯之姨，谭公维私。"

　　多好的出身！她是齐侯的爱女，她是卫侯的新娘，她是太子的胞妹，她是邢侯的小姨，谭公又是她姊丈。

百姓们的欢声笑语，听在耳中，只觉得格外刺耳。

她不过是政治的牺牲品，为了两国长久交好，不得不远嫁。多么讽刺！一国公主，活得竟不如平常人家的女子，着实可悲。

想到这里，她不禁露出一抹自嘲的笑容。

微风徐徐而过，吹起御风尘的面纱，百姓们瞧见她的容貌，惊叹不已。

世间竟有如此貌美的女子。

他们用自然淳朴的语言描述她的美：手如柔荑，肤如凝脂，领如蝤蛴，齿如瓠犀。螓首蛾眉，巧笑倩兮，美目盼兮。

手如白茅之嫩芽，肤如凝固的油脂，颈如天牛的幼虫，这是指女子白润。

齿如瓠瓜子儿，洁白整齐。前额丰满开阔，眉毛细长弯曲，这是指长相周正。

嘴角微微翘起的样子，嫣然动人，美眸转动，宛若秋水。

提到美人，总会有人想起妹喜、妲己、褒姒，她们宛若罂粟花，妖娆中带着剧毒，若要拥有，总要让人付出惨痛的代价。然而庄姜不同，她美得娴静，不妖不媚，恰似一轮明月，散发着柔和的光。

在他们眼中，庄姜的笑容甜蜜欢喜，没有一丝苦涩。

马车慢慢远离齐国的土地，女子的心如刀割般疼痛，荒野之上，无人之时，她流下了浑浊的泪。

从齐国到卫国，马车要行驶数日。

一路上，庄姜看到了不曾看到过的风景。原来，外面的清风如此温暖，拂面而过，扫去了心中的苦闷，令人心旷神怡。多想时光能停留在这一刻，没有忧愁，没有烦恼，就这样坐在马车上，看路上的风景，听路人的故事。

队伍在农郊停歇，卫国的农人们听闻这是迎亲的队伍，纷纷爬到高地，往远处眺望。只见迎亲队伍的马匹威武雄壮，马嚼子上缠着朱红色的绸子，随风飘扬。

人们猜测道："大夫夙退，无使君劳。"

想必诸位大夫已经早早退朝，在这个特殊的日子，群臣不忍让君主为国事太过操劳。

人们又看到：河水洋洋，北流活活。施罛濊濊，鳣鲔发发，葭菼揭揭。

黄河之水浩浩荡荡，北流入海，甚是壮观！水下的渔网哗哗作响，鱼儿拍打着鱼尾，水花四溅，两岸芦苇又密又高，芦花飘逸柔美。此乃卫国的大好河山！

人们赞美齐国之人："庶姜孽孽，庶士有朅。"

那陪嫁的姑娘身杉高挑，从嫁的媵臣相貌堂堂。

在百姓眼中，一切皆是美好。他们跪拜行礼，高声祝福。庄姜礼貌性地回眸一笑，温婉、优雅，颇有母仪天下的风范。

终于，马车到了卫国王宫。

天底下的王宫殿宇大都一个样子，雕梁画栋，极尽奢华。在庄姜眼中，王宫大门仿佛凶兽的血盆大口，等待着将她吞噬。

她胆怯、迷茫，不知所措。这时候，一个男子挽住她的手，他们一起重复烦琐的礼仪，接受群臣的叩拜。

那一刻，庄姜知道自己已经成了卫国的一国之母。

王公贵族的女人，要背负更多的使命前行。

洞房花烛夜，卫国的国君许下感人的誓言。

她信了。

如果他能庇护她一生，她愿意尝试去接受他，爱上他。

最是无情帝王家，她以为自己得到了幸福，却不知自己早已陷入了深渊。

一入宫门深似海，前方又有多少危险等着她？

9. 邶风·日月——宫墙柳

日居月诸，照临下土。乃如之人兮，逝不古处？胡能有定？宁不我顾。

日居月诸，下土是冒。乃如之人兮，逝不相好。胡能有定？宁不我报。

日居月诸，出自东方。乃如之人兮，德音无良。胡能有定？俾也可忘。

日居月诸，东方自出。父兮母兮，畜我不卒。胡能有定？报我不述。

深宫幽冷，庄姜被清冷的月光惊醒。她推开窗子，望向远处的亭台楼阁，灯火辉煌，纸醉金迷，此时，她的夫君正拥着另一个女子入睡。夜为何这般寂静，让她清楚地听见他们的欢声笑语。无尽的悲伤在心口蔓延，一入深宫数载，卫庄公终究还是辜负了她。

这一夜，何其痛苦，庄姜守着一盏宫灯，独自坐到天明。清晨，宫人推开殿门，一缕阳光照进大殿，如柔荑般纤细的手指触碰到阳光，却感受不到温暖。

这样的日子何时才是尽头？她时常在想，若当年自己没有嫁到卫国，会不会有不同的结局？

　　初入王宫时，她平易近人，温婉可人，是宫人敬重的王后。那时候，卫庄公待她极好。她思念齐国，他便派人骑快马送家书；她吃不惯卫国的膳食，他就请来齐国的厨娘，专给她一人做菜；他带她走遍卫国的绿水青山，看尽江山好风光。二人无忧无虑，沉浸在爱情的甜蜜里，忘却诸多烦恼，谁也不愿意醒来。

　　直到有一日，一个女子出现了。她的容貌不逊于庄姜，眉宇间透着妩媚，是个不折不扣的小女人。这种女子小鸟依人，总是一副娇柔之状，一张巧嘴，最擅长蛊惑君主，能牢牢抓住卫庄公的心，将他玩弄于股掌之间。

　　女子成了卫庄公的宠妾，虽为妾室，却能独占君主的宠爱，着实有些高明的手段。毕竟，若想久居深宫，单有美丽的皮囊是远远不够的，还要有狠辣坚韧的心肠。对于宠妾来说，权力地位都不重要，她要的是男人的心，是一世的宠爱，是旁人的嫉妒。

　　宫中所有的女人都恨宠妾入骨，耍弄心机想置她于死地，唯有庄姜不怒不恼，一副尊贵骄傲的样子，容不得任何人看轻。

　　庄姜曾经贵为公主，如今又是王后，受过良好的宫廷教育，遇事隐忍谦让，即便心中有怨，也不会直言相告。谨言，慎行，她从小就明白这个道理。她无法像其他女子那般任性胡闹，更不会讨好谄媚，只能眼睁睁看着卫庄公离自己而去，留她一人独自哀伤。

　　以庄姜的姿色，若她含泪挽留，楚楚地道出心中伤痛，卫庄公必将心生怜惜。奈何这个女人天生傲骨，从不会放低姿态，卑微地求得爱情。

宫廷是没有硝烟的战场，尔虞我诈，明争暗斗，每一个日夜都是煎熬。宠妾见庄姜不得宠爱，便趁机诬陷庄姜，跪在卫庄公面前，哭得梨花带雨，诉说庄姜霸道跋扈，以权压人，成功挑拨了二人的关系。

两个人的婚姻从头到尾都是政治游戏，本就不牢靠，顷刻之间便可决裂。没有爱，何来地久天长。卫庄公没有给庄姜解释的机会，从此，再也不愿见她，同在皇宫，却形同陌路。

冰冷的宫殿中，庄姜苦苦熬过无数个孤独的夜晚，其中滋味，只有她自己清楚。尝遍了生活的苦痛，方知道这世间唯一可以相信的人便是自己。

她看透了卫庄公，这个男人听信宠妾谗言，黑白不分，不配为人夫君，更不配为国之君。也罢！不如桥归桥，路归路，他护他的爱妾，她守她的地位，互不相扰。

几年过去，庄姜始终没有诞下子嗣，对于卫国来说，此乃大事一桩。卫庄公越发不满庄姜，听闻陈国有一位名唤厉妫的美人，便立即派人去寻找，娶入宫中。厉妫入宫后，深得庄公宠爱，没过多久，她便怀有身孕，产下一子孝伯，早死。卫庄公不甘心，又娶厉妫的妹妹戴妫，戴妫产下一子，便是日后的卫桓公。

这个新的生命给卫国带来了希望，卫庄公整日守在戴妫身旁，细心呵护，生怕母子二人受到伤害。

庄姜终于意识到了危险，她感受到自己的地位正在受到戴妫母子的威胁。若是母凭子贵，戴妫很有可能会取代她的位置，到时候，卫国哪里还有她的容身之处？

担忧过后，便是恐惧。庄姜听着婴儿的啼哭声，夜夜不能入眠。终于，她下定决心，要进行反击。

庄姜是有风骨的女子，自然不会用平常女子的手段赢回庄公的心。她思虑良久，提笔写下《日月》，诉说心中的哀伤。

她先写日月变幻，再写心中苦闷，格外引人心疼。诗的大意是：日月如常普照大地，夫君却不会像过去一样待我。事情为何会变成这样？一丝不顾忌我的感受。日月如常覆盖大地，夫君却不能像过去一样与我相爱。事情为何会变成这样？一丝不念夫妻之情。日月如常从东方升起，夫君却不再好言好语安慰我。事情为何会变成这样？快些将那些无良之行忘了吧！日月从东方升起，父亲啊母亲啊，当初将我嫁给他，使我不得善终。事情为何会变成这样？待我更不循义理。

一遍遍吟咏日月，正是为了反复强调"故能有定"。故能有定？这是问卫庄公，也是自问。

最后那句"父兮母兮，畜我不卒"，更是发自内心的呐喊！人只有悲痛万分的时候，才会哭喊着父母，她埋怨父母为何这般不疼爱自己，命令她远嫁卫国，令她如此痛苦。她的诗中有伤情、愁怨、幽愤、思念，将一个怨妇的复杂情感刻画得淋漓尽致，既怨恨，又不舍，她最终还是希望夫君可以回心转意。

没过几日，这首诗便传到了庄公手中。庄公读后，不禁想起过往，初见她时，笑语嫣然，他用最烦琐的礼仪将她娶入宫中，朝夕相伴，四季相守。只见新人笑，不闻旧人哭，是他背弃了承诺，没能给她一个温暖的归宿。

庄公又回忆起宠姬的话，越发觉得虚假，庄姜一向温婉可人，怎会欺压姬妾。了解她的人都知道，她不屑于做那些事情。

反省过后，庄公懊悔不已，立即去找庄姜，请求她的原谅。

庄姜自然是笑着原谅他！毕竟，她要从他手中得到更多的权力，昔为夫妻，今为工具。她不再冷漠、孤傲，而是像小女子般依偎在庄公怀中，叹息自己没有福分，没能为他生下一儿半女。

闻言，庄公心中有愧，便下令将戴妫之子公子完交由庄姜抚养，从此，庄姜便是这孩子的母亲。

那一晚，庄姜哄着襁褓中的婴儿入睡，月光下，她露出胜利者的笑容。

聪明的女人不争则已，争便要拥有一切。她早已不是当年那位巧笑倩兮、美目盼兮的新娘，若要在后宫长久地生存下去，就必须忘却从前的自己，蜕变成另一个人。

斗争真的停下了吗？不，从未休止。

10. 邶风·燕燕——天涯离别人

燕燕于飞，差池其羽。之子于归，远送于野。
瞻望弗及，泣涕如雨。

燕燕于飞，颉之颃之。之子于归，远于将之。
瞻望弗及，伫立以泣。

燕燕于飞，下上其音。之子于归，远送于南。
瞻望弗及，实劳我心。

仲氏任只，其心塞渊。终温且惠，淑慎其身。
先君之思，以勖寡人。

荒芜的郊野，冬日的积雪还未融化，留下丝丝寒意。
庄姜与戴妫相互搀扶着，走了好长一段路。此时，她们已经
年迈，双鬓如霜，步履蹒跚，唯有一双眼睛透着饱经风霜的
坚韧。

戴妫突然停下脚步，伤感地说："不必再送了。"

送君千里，终有一别。庄姜点点头，沉声道一句：
"保重。"

离人消失在路的尽头，庄姜默默地望向天边的飞燕，眼
中一片沉静。或许是岁月沉淀的怨恨；或许是内心无限的苍
凉；或许是一种难得的云淡风轻。

那一日，庄姜写下《燕燕》，送给临别之人，字里行间透着劝勉、不舍。许是经历太多的沧桑巨变，此刻，两个女人的心皆是平静如水，走过山一程，水一程，终究到了分别的时刻。

一句"燕燕于飞"，仿佛看见了那个女人远去的身影。

送别的时候，人总愿意仰望天空，遥望远方，心中别有一番感慨。湛蓝的天空中，孤燕展翅飞翔，轻盈的身姿忽上忽下，叫声呢喃低昂，令人心伤。

之子于归，远送于野。他们在旷野道别，两人的泪水如雨般落下，千般不舍，万般不舍，终于到了说"再见"的时候，回想前尘往事，所有的恩恩怨怨都化为云烟。

之子于归，远于将之。漫长的路总有尽头，执手话别，欲语泪先流，二人同时抬起布满皱纹的手，擦去对方脸上的泪水，鼓励对方要坚强。

之子于归，远送于南。戴妫将要去遥远的南方，这一别，此生都不会再见。庄姜的心头弥漫着疼痛悲伤，临别前，她反复告诫戴妫，"仲氏任只，其心塞渊。终温且惠，淑慎其身。先君之思，以勖寡人。"

做人应当诚信稳妥，思虑长远，温和恭顺，谨慎善良，时常想念先王，时刻记住叮咛。

她只希望戴妫可以回归本心，忘却后宫残忍斗争，做回从前的自己，平安度过余生。

这首诗既是为戴妫而作，又是为庄姜自己而作。她送别的何止是一个人，还有曾经的是是非非。往事历历在目，充斥着血雨腥风，庄姜没有忘记，她一生都将记得！

故事要从庄姜养育戴妫之子公子完说起。

庄姜请来了卫国最好的师者教授孩子，又派了无数精锐保护他的安全。这孩子将来要继承大统，不能受到一丝一毫的伤害。

她自以为有了公子完，便可高枕无忧，然而，她忽略了一个人。

卫庄公当年宠幸的姜生有一子州吁，此人顽劣凶残，与他母亲一样，骄横跋扈，无恶不作，早已引起群臣的不满。

朝堂之上，上卿石碏大胆劝谏卫庄公："臣听说若是爱子，应以道义去教育，骄奢淫逸，乃是走上邪路的开始。若要立州吁为太子，就应严加管束，否则，将会酿成大祸。"

石碏又用"六逆""六顺"提醒卫庄公："贱妨贵，少陵长，远间亲，新间旧，小加大，淫破义，所谓六逆也。君义，臣行，父慈，子孝，兄爱，弟敬，所谓六顺也。"

重臣之言，句句肺腑。

卫庄公听后，并未将他的话放在心上，许是根本就不想立州吁为太子，便也不愿过多约束。

然而，庄公却不知，正因自己的一时大意，竟酿成了大祸。

卫庄公去世后，庄姜之子公子完（卫桓公）即位，州吁心有不甘，开始谋划弑君篡位。

深宫中，庄姜正沉浸在胜利的喜悦中，并不知危险即将来临。

人一旦松懈，便要陷入劫数。庄姜、戴妫、公子完，注定要经历这一劫。

卫桓公十六年二月戊申日，州吁袭击杀害卫桓公，自立为君主，成为春秋时期第一位谋反成功的公子。

那一日，鲜血染城，无数宫人惨死在叛军的利刃之下。

庄姜亲身经历了这场宫乱，听见无辜者在哀号，看见叛乱者在杀戮。她恨自己什么也做不了，甚至，连养子也保不住。这一刻，庄姜与戴妫冰释前嫌，两个悲痛欲绝的女人紧紧相拥，抱团取暖。曾经是情敌，现在同是天涯沦落人，无情的战乱，让两个人看清了暗潮汹涌的王宫，也明白了权力是冰冷的，感情是温暖的。

州吁手握佩剑闯进庄姜的寝殿，似乎忌惮她齐国公主的身份，没有杀她，只是恐吓了几句，劝她安分守己，老老实实地待在后宫颐养天年。

庄姜担忧州吁会迁怒于桓公生母戴妫，立即安排戴妫离开王宫。临别前，送上《燕燕》一诗，愿戴妫像燕子一般自由飞翔，永远不要回到是非之地。

一首送别诗，劝人劝己，她们都应放下。

戴妫淡淡一笑，沉声对她道："等我。"

那时的庄姜并没听懂这句话，直到多年后，州吁被杀，庄姜才明白"等我"二字的深意。

戴妫走了，卫国王宫只剩下庄姜一人与州吁斗智斗勇，她收起锋芒，变得隐忍、淡漠，在满是风霜的卫国，以最卑微的姿态活着。她本可以自我了断，从屈辱中解脱，可她想到戴妫的话，又放弃了轻生的念头。她想等一等，想看一看心中的黎明是不是会到来。

纷争并没有结束，戴妫回到陈国后，无时无刻不在等待着报仇的时机。

州吁即位不久，便开始四处征战，百姓怨声载道，民不聊生，不愿拥护此人。忠臣石碏对州吁的所作所为更是厌恶，虽表面顺从，背后却暗中筹谋刺杀。

石碏用计引州吁去陈国，又派人联络陈桓公，坦言道："卫国地狭，吾已年过七十，无法再做什么事，州吁杀害卫国君主，还请您除掉他。"

陈桓公深知戴妫之恨，正想趁此机会，为母子二人报仇。他假意与州吁友善，等到卫国的军队到达郑国都城城郊时，陈桓公立即命人抓住州吁，石碏派右宰丑向州吁进献食物，将他杀死。

十二月，卫桓公之弟公子晋（卫宣公）即位，卫国迎来了短暂的安宁。

　　至此，这段故事才算真正的结束。

　　庄姜想起戴妫的那句"等我"，心中顿时有感：人啊，在任何时候，都不能放弃希望！

　　史料没有记载庄姜的结局，她余生应是在深宫度过，天下之大，却没有一处是自己的家。齐国，已然将她遗忘，卫国，又举目无亲。她最好的归宿便是一宫一殿，一茶一酒。

　　烟火再美终要灭，绚丽过后，便是无尽的黑暗。一代风云女子，从《硕人》中走出，于《日月》中成长，最终在《燕燕》这里谢幕。回顾一生，悲哀之事莫过于从不曾为自己活过。我想，她最后的日子，应该会做些自己热爱的事情，不留遗憾。

11. 邶风·终风——伤亦痛，思亦痛

终风且暴，顾我则笑，谑浪笑敖，中心是悼。
终风且霾，惠然肯来，莫往莫来，悠悠我思。
终风且曀，不日有曀，寤言不寐，愿言则嚏。
曀曀其阴，虺虺其雷，寤言不寐，愿言则怀。

雨下了整整一夜，女子倚在窗前，伸出手接住冰凉的雨珠，一股寒意从指尖游到心头，忽觉万分悲凉。她记得，与那个人初见时，也是在这样一个雨夜，他撑着泛黄的油纸伞，疾步来到她面前，为她挡住风雨，一路护送她回家。

人生若只如初见，若人与人永远保持初见的美好，便不会有那么多的哀伤。

女子面色忧伤地关上窗子，轻叹道："再也回不去了。"

其实，她也不明白自己做错了什么，他竟不顾旧情，弃她而去。

或许，这婚姻本就是一场游戏，他厌倦了，便毫无牵挂地抽身离去，独有她还沉浸在幻想中，迟迟不肯醒来。

终风且暴，顾我则笑，谑浪笑敖，中心是悼。

凶猛的暴风吹了一日，仿佛要将万物撕裂。他转过身，

对她戏谑一笑，仿佛在嘲笑她的愚蠢、幼稚，她的内心满是悲伤。

他说："从始至终，不过是你一厢情愿。"

他说："逢场作戏，何必当真。"

他说："从未爱过。"

那一日，她听到了世间最残忍的话，她的心坠入了无尽的深渊。

她放下所有尊严，求他不要离开，他冷漠地推开她，头也不回地走掉。

终风且霾，惠然肯来，莫往莫来，悠悠我思。

暴风卷着尘土，呼啸而过，顿时昏天黑地，满目尘埃。她站在家门前，心中还抱着一丝小小的希望，期盼她的夫君可以归来。他一日不来，她的相思一日不断。

多么执着，多么痴傻！为了不值得的人，为了不值得的事，竟相思成疾。

左邻右舍瞧见了，应该也会嘲笑她。

她成了世人眼中的怨妇。

不知为何，极其讨厌"怨妇"二字。在那个男尊女卑的时代，男子无时无刻不在碾压女子的尊严。我想这个词语最初应是从一个迂腐的文人口中说出的，文人辜负了女子，女子以泪洗面，苦口哀求，文人觉得厌烦，便给她扣了怨妇的帽子。从此，这个词语便传开了，凡是遇到自怜自伤的女子，便称为怨妇。没有人关心女子的怨因何而起，他们只是认为女子矫情做作，不体恤男子的辛苦，失贤失德。人言可畏，那些话成了压死骆驼的最后一根稻草，女子抑郁而终。

终风且曀，不日有曀，寤言不寐，愿言则嚏。

暴风未停，天越发的阴沉，不见一丝阳光。女子着凉了，午夜梦魇，醒来便再难入眠，想要说话，却忍不住打了个喷嚏。

她要说什么？应该是自言自语，说说相思之苦。

缠绵病榻之上，竟然还想着负心郎！果然，可怜之人必有可恨之处，但凡有些骨气，绝不会这般卑微。

曀曀其阴，虺虺其雷，寤言不寐，愿言则怀。

风凄凄，乌云密布，天空中传来阵阵雷鸣。她辗转难眠，难以排遣心中的思念。

爱上时，义无反顾；放下时，恋恋不舍。

谁能将她从狂风暴雨中救赎？是不是只有那个男子出现，她才能解脱？

想着想着，她得到了答案：她与他再也回不去了。

雷雨交加的夜晚，她彻底断了情。

这首诗充满浓浓的忧郁气息，看似相思，实则痛苦。诗中之人痛苦，读诗之人更痛苦。

不妨猜想一下《终风》的结局，假若浪子回头，试图弥补自己的错误，那么，女子心头的伤口是否可以愈合？即使伤口可愈合，也会留下一道丑陋的疤痕。心病最难医治，当年的事情已经深深刻入骨肉，永难磨灭。

或者，还有另一个结局，男子没有回头，两人一生不得相见。如此也好，如此也不必再受伤。

诗中的女子会是谁？史书中没有留下她的名字，历朝历代似乎都有这样一个傻姑娘。

未出嫁前，女子是父母的掌上明珠，不必为柴米油盐发愁，自有家人守护她的一方净土。出嫁后，一切都变了，进入陌生的家庭，婆婆、夫君、七大姑八大姨，这些人你一言我一语，压得人透不过气来。生活如此糟糕，女子还要咬牙坚持，努力经营爱情、婚姻，维持着看似美好的虚假状态，让人误以为她是幸福无忧的。先是骗人，然后骗己，到最后，自己也分不清到底是甜蜜，还是苦涩……

何其可悲可怜的一生！终有一日年老色衰，不再敢照镜子、裁衣裳、理云鬓，回顾一生，最对不起的人竟是自己。

问她一句：值不值得？

她笑着回答：值得。

这就是爱情吧！张爱玲说："见了他，她变得很低很低，低到尘埃里，但她心里是欢喜的，从尘埃里开出花来。"

感性的人总愿意将爱情想得美好无瑕，为爱而生，为爱而活，宁愿相信折子戏中的才子佳人，也不愿相信现实中的背叛疏远。于是，多数人选择隐忍，抱着一丝希冀，浑噩度日。

这样的人到底值不值得同情？千年前的事情，我们无法用今天的眼光给出判断，只能哀其不幸，恨其不争。

陷入不幸的婚姻，有人选择隐忍，有人选择断情。

唐代诗人王建曾写过这样一位决绝的女子。

赠离曲

合欢叶堕梧桐秋，鸳鸯背飞水分流。少年使我忽相弃。

雌号雄鸣夜悠悠。夜长月没虫切切，冷风入房灯焰灭。

若知中路各西东，彼此不忘同心结。收取头边蛟龙枕，

留著箱中双雉裳。我今焚却旧房物，免使他人登尔床。

诗中女子果决的态度，真是大快人心！或许，这就是唐人的风骨。

庭前的合欢花谢了便谢了，也没什么值得留恋。冷风吹进屋子，将灯火熄灭，一片黑暗中，她又想起那个负心的男子，往日的种种争吵、谩骂再次浮现，挥之不去。

这段痛苦的婚姻已经折磨了她许久，哪怕如今二人相

离，她也忘不了男子带给自己的伤害。她索性将男子用过的东西全部找出，一并焚烧成灰烬。常言道：眼不见心不烦。何苦留着旧物，徒增烦恼。

　　她应是封建爱情中的觉醒者，面对不幸的婚姻，未曾认输，用自己的行动告诉世人：不爱了！

　　女子本该如此，爱则轰轰烈烈，断则干干脆脆，不畏世俗之言，得到了便心怀感恩，得不到便转身离去，不忍耐，不留恋，不原谅。

12. 邶风·击鼓——问君几时归

击鼓其镗，踊跃用兵。土国城漕，我独南行。
从孙子仲，平陈与宋。不我以归，忧心有忡。
爰居爰处？爰丧其马？于以求之？于林之下。
死生契阔，与子成说。执子之手，与子偕老。
于嗟阔兮，不我活兮。于嗟洵兮，不我信兮。

夕阳西下，落日余晖，袅袅炊烟拂过一座座茅草屋，烟火人间，农家小院充满孩子们的嬉闹声。男子伐木归来，妻子盛一碗冒着热气的清粥，上面撒了少许的桂花，递到他手中，男子一边喝着桂花香粥，一边凝视妻子的脸庞，心如蜜甜。岁月如此平淡，如此温暖。

远方响起雷鸣般的战鼓声，将宁静的生活彻底打破。卫国君主不仁，生性好战，男子被迫服役，不得不远离家乡，走向战场。

闻鼓声，战事又起，将士们日夜不歇地操练。君主一声令下，可曾明白士兵的无奈？他们早已累得筋疲力尽，身心俱疲，不愿继续厮杀。

那日，那男子跟随队伍离开漕城，往南方而去。他回身看向那些修筑城墙的工匠，满眼都是羡慕之情。这些留下修城墙的人，至少每晚可以回到家中，喝一碗热粥，看一眼孩子。可他呢？他一走便是几年，甚至十几年，亦有可能永远回不来。

"土国城漕，我独南行。"一个"独"字，如此悲凉。从他踏出城门这一刻，命便不再属于自己。

卫国暴君州吁联合宋、陈、蔡三国伐郑，多少人与男子一样，只因统治者的一声命令，便要卷入这场战争。

将士们走在人烟稀少的荒野上，冷风刺骨，哪怕生火取暖，他们也感受不到温暖。离家之人，何谈温暖，他们只想快些结束这场战争，找回属于自己的生活。

不我以归，忧心有忡。

战争一日未胜，将军一日不允许回国，男子知道归家之期遥遥无望，整日忧心忡忡。

君主啊！你可知我多么痛苦！

将军啊！你可知我多么害怕！

娘子啊！你可知我多么思家！

他心中千万次地呐喊，要离开这里，要回去，一定要活着回去……活下去，这是每一个将士的信念。

这场战争，不知何年何月才能结束，枯叶荒草随风飘扬，挟着他的缕缕乡愁，飘向遥远的故乡。那里是不是已经春暖花开？孩子们是不是已经跑到山丘上采野菜？妻子是不是还在门前等他？

倘若没有这场战争，他们依旧会在田间种菜，林中砍柴，日子虽清贫，但只要拥抱家人，心中便觉欢喜满足。他只是不会被写进史书的小人物，不求飞黄腾达，唯有安稳，可是，统治者为何总要为难这些微不足道的百姓？兴，百姓苦，亡，百姓苦，难逃命运的摆布。

战场上，鲜血染红了黄沙，他亲眼看见出生入死的兄弟倒在自己眼前，来不及悲伤，撕下战袍盖在尸体上，便往前方杀去。他紧握兵刃，为自己拼出一条生路，万幸，他最终活了下来。

一将成名万骨枯，谁来祭奠那些死去的兵卒？今日之后，他会不会魂断沙场？战鼓又响，黄沙飞扬，万军赴死，早已无人去管地上的白骨。

爰居爰处？爰丧其马？于以求之？于林之下。

军队驻扎之地，他的战马丢了。古代战场上，若是丢了战马，就意味着死亡。他瞬间慌了，那是一种对死亡的恐惧。该去何处寻找它？他走了很远的路，终于在树林中找到了战马。

这种感觉，像极了在敌人的刀剑下逃过一命，劫后余生的喜悦。

深夜，他望着天边孤星，想起了成婚那晚对妻子许下的承诺："死生契阔，与子成说。执子之手，与子偕老。"

远方的爱人啊，你可知我的思念？世上最痛苦的事情，莫过于彼此安好，却不能偕老。如果可以，只想立刻回到你身边，陪着你慢慢变老。

十六个字，字字深情。他仿佛回到了新婚之夜，红妆花嫁，妻子静静地坐在身旁，他们发誓要一生一世在一起。

如今，他恐怕要背弃誓言。

他缓缓闭上眼，眼角滑过悲伤的泪，哽咽地叹道："于嗟阔兮，不我活兮。于嗟洵兮，不我信兮。"

对不起，只怕你我一别，今生再也无缘相见，我无法信守当初的诺言了。

他要失约了。

离家多年的人，再也没有资格说出那句"执子之手，与子偕老"，因为，他知道，他们无法偕老。

明日太阳升起的时候，将迎来新的战争。

如果幸运的话，他或许会活下来，长路漫漫，愿他还能记得归家的路。

《击鼓》中的丈夫尚有归家的希望，可《石壕吏》中的老妇怕是再难与老翁团聚。

大唐安史之乱，杜甫夜宿石壕村，夜半之时，便听到急促的敲门声，是官兵在抓壮丁。老翁越墙逃走，老妇打开门，含泪道："三男邺城戍。一男附书至，二男新战死。存者且偷生，死者长已矣。室中更无人，惟有乳下孙。有孙母未去，出入无完裙。老妪力虽衰，请从吏夜归。"

战乱已经让这个家支离破碎，老妇的三个儿子，两个战死。可怜白发人送黑发人，两位老人还未从悲痛中走出，差役便又来抓人，她为保护老翁、孙儿，自愿跟随差役去战场，走得太过仓促，都未来得及给家中做最后一顿早饭。

老翁回到家后，面对空荡荡的院子，似乎已经猜到发生了什么事情。他失魂落魄地坐在石阶上，眼中浸满泪水，曾经一同走过艰难困苦的岁月，难得相伴到白头，本该安享晚年时，却未能逃过战争之乱。

诗人并不知老妇的结局，也许死于战乱，也许还未走到军营，便病死途中。石壕村中，春去秋来，老翁已然等不到他的结发妻子。

长达七年的安史之乱，战争结束后，又有多少军士能活着回家？

你听，那位将军在唱："昔我往矣，杨柳依依。今我来思，雨雪霏霏。行道迟迟，载渴载饥。我心伤悲，莫知我哀！"

当一切尘埃落定，活着的人没有半分欢喜，他们已经不是离家时的自己，未老白发生，如何兑现"执子之手，与子偕老"的诺言。

13. 邶风·凯风——南风知我意

凯风自南，吹彼棘心。棘心夭夭，母氏劬劳。
凯风自南，吹彼棘薪。母氏圣善，我无令人。
爰有寒泉？在浚之下。有子七人，母氏劳苦。
睍睆黄鸟，载好其音。有子七人，莫慰母心。

那是一个春暖花开的时节，南风吹拂着酸枣树，淡淡的枣花香一缕一缕飘过山野。七个孩子结伴来到枣树下，踮起脚尖，摘了一朵最美的枣花，笑逐颜开地跑回家中，送给他们的母亲。

几十年后，枣花依旧，母亲却已经永远消失，七子静静地站在枣树下，沉默不语，怅然若失。

和煦的南风缓缓吹来，荒野之上的酸枣树生出了嫩芽，生机勃勃。母亲含辛茹苦养育儿子们，像春风呵护着嫩芽。

和风又一次吹来，酸枣树已经长成可用来烧火的柴薪。母亲善良明理，儿子们对不住母亲，没能长成国之栋梁。

冰冷彻骨的泉水在何处？就在浚城之旁。母亲有七子，没有一子能为她养老送终，儿子的心情如泉水般寒冷。

黄雀的叫声尚且悦耳动听，母亲养育的七个儿子，没有一个人的语言能抚慰母亲的心。

世上有一种风，从石器时代吹到现代，拂过眉间心上，留下难忘的温暖，这风便是凯风。母爱如凯风，和煦温暖，春夏秋冬，未曾断绝。

诗中虽没有直接写出母亲的形象，字里行间却流淌着涓涓母爱，以及为人子女无法尽孝的自责。为何孝子无法尽孝？答案或许只有一个，那就是母亲已经亡故。

母亲年轻的时候，应该也是一位水灵秀气的美人，与女伴们一起上山采野菜，下水摘莲蓬，生活无忧无虑。后来，她遇到了一生的伴侣，从此，宜室宜家，开启了人生的另一段佳话。

在诗人的记忆里，家中清贫，父亲早出晚归，赚钱养家，母亲一个人照顾子女七人，吃过苦，流过泪，苦难的生活无情地摧残他们，母亲将孩子们紧紧护在怀中，独自面对风雨。

她总会熬一碗浓香的酸枣汤，将枣分给孩子们吃，自己喝汤。酸枣树陪伴孩子们一日日长大，母亲一日日老去，在他们心中，母亲的笑容始终那样灿烂，像极了温和的南风。

岁月在她的脸上留下了痕迹，白皙的双手长了一层厚厚的老茧，鬓间生出如雪的白发，双目昏花，再无年轻时的美丽风华。即使这样，寒冬之夜，她还是会身披棉衣，在昏暗的灯光下，为孩子们缝制冬衣。

终于，子女长大成人，有的功成名就，有的娶妻生子，渐渐懂得生活的艰辛。当他们回到家中要报答母亲的养育之恩时，母亲溘然长逝，徒留一生遗憾。

南风袭来，荒野之上的酸枣树又一次开花结果，然而，母亲再也尝不到那碗暖暖的酸枣汤。

六朝以前的文人为女子作挽词、诔文时，总会用到"凯风""寒泉"二词，由此可见，在古人心中，《邶风·凯风》应是悼念亡母的诗。从这首诗之后，"凯风"成了母爱的象征，诗云："远游使心思，游子恋所生。凯风吹长棘，夭夭枝叶倾。黄鸟鸣相追，咬咬弄好音。伫立望西河，泣下沾罗缨。"直到现在，小孩子在造比喻句时，也时常将母爱比作春风。千百年来，子女对于母爱的感觉，似乎从未变过，一样的感动，一样的牵挂，一样的温暖。

父母在时，我们永远都是孩子，悲伤时，找他们倾诉，欢喜时，与他们分享，无论我们走得多远，飞得多高，回眸之时，总会看到他们提着一盏小灯，在原地祝福、思念、等待。

时光飞逝，不经意间，许多人都离我们远去，与其追逐名利，不如珍惜眼前人，不给彼此留下遗憾。

人们只有尝过世态炎凉后，才知亲情可贵。

大唐贞元十六年，孟郊已经五十岁，终于得到一个卑微的官职——溧阳尉。结束了多年的漂泊，便立即将年迈的母亲接来溧阳同住。

那一晚，他看着母亲灯下补衣的身影，心中泛起一阵酸痛。

思绪回到年少之时。他出生于湖州武康，并非大富大贵之家，父亲只是一名小吏，俸禄甚少，常年忙于公务，极少回家，他与母亲相伴度日。也许就是这样的家庭，造成了他孤僻的性格，除了母亲，他谁也不信任。

别家公子青春年少时，都是风流任性，策马同游，可孟郊却选择隐居河南嵩山，不与外人接触。三十岁至四十岁时，他则题诗唱酬，行踪不定，一直未有入仕之心。至于为何这般度日，史料也没有给出具体的解释，想必应是有些未想通的事情。性情孤僻之人，大抵都有一些心结。

那些年，他居无定所，远离家乡，虽得自由，但心中没有半分欢喜。一个游子，少了亲人的陪伴，心自然落寞。

直到四十一岁时，才进京应试，可惜，名落孙山。三年后，又一次应试，再次落榜。他顿时心灰意冷，年近半百，功不成，名不就，曾经又将大好的年华荒废掉，如今穷困潦倒，实在愧对先祖。往事越想越悲伤，思绪钻入了死胡同，难以释怀。

这时候，母亲轻轻地握住他的手，他感受到南风般的温暖，母亲低声宽慰他，鼓励他，让他重拾信心。

人在悲痛之时，若能有个人给予一丝关怀，便可将他拯救。四十六岁那年，孟郊奉母命应试，进士登第，欢喜之余，他写下了名动长安的诗《登科后》："昔日龌龊不足夸，今朝放荡思无涯。春风得意马蹄疾，一日看尽长安花。"

孟郊立即东归，告慰家中母亲，之后去溧阳任职，又将母亲接来同住。夜里，他提笔写下《游子吟》："慈母手中线，游子身上衣。临行密密缝，意恐迟迟归。谁言寸草心，报得三春晖？"

母亲粗糙的双手拿起一针一线，缝制着世上最暖的冬衣，那针刺进布料中，宛如刺进他的心。当年，他年少任性，喜爱漂泊在外，对母亲不闻不问，多少个夜晚，母亲点着烛火，等他归来。他穿着母亲缝制的衣衫走遍了大江南北，衣衫丝毫没有损坏，后来，他才知道，是母亲怕他迟迟不归，才将衣衫缝制得更加结实。

老人家一颗心，无时无刻不在挂念着他。这样的母爱，他又该如何报答呢？区区寸草，如何能报答春天的阳光！如今，他老了，母亲更老了。真庆幸，他还可以做母亲眼中的孩子，对于他来说，唯有陪伴，才是最好的报答。

父母一生最大的期待不是儿女成为人中龙凤，而是一家人平平安安，哪怕偶尔有争吵，有矛盾，彼此还是在乎着，这才是生活。

院落里，家门前，你的亲人始终在等你，当你疲惫时，不妨停下脚步，回头看看，他们一直站在最初的地方，爱着你。

14. 邶风·谷风——情如纸薄

习习谷风，以阴以雨。黾勉同心，不宜有怒。
采葑采菲，无以下体？德音莫违，及尔同死。

行道迟迟，中心有违。不远伊迩，薄送我畿。
谁谓荼苦？其甘如荠。宴尔新昏，如兄如弟。

泾以渭浊，湜湜其沚。宴尔新昏，不我屑矣。
毋逝我梁，毋发我笱。我躬不阅，遑恤我后！

就其深矣，方之舟之。就其浅矣，泳之游之。
何有何亡，黾勉求之。凡民有丧，匍匐救之。

不我能慉，反以我为雠，既阻我德，贾用
不售。昔育恐育鞫，及尔颠覆。既生既育，比予
于毒。

我有旨蓄，亦以御冬。宴尔新昏，以我御穷。
有洸有溃，既诒我肄。不念昔者，伊余来墍。

孟春时节，蒙蒙细雨浸着江南的忧愁。

女子倚在白石栏杆旁，向着庭院远远望去，院子里站满
了达官贵人，琴瑟钟鼓与红烛喜字刺痛了她的双眼。她嫁给
夫君时不过豆蔻年华，短短两年不到，他便要休妻另娶，逼
她在休书上签下自己的名字，不念一丝旧情。

故人心易变，她早该明白这个道理。

这篇《邶风·谷风》是以女子的口吻，将背弃的痛苦娓娓道来，用生活中最常见的事物来比喻男子的无情。

山谷中的风如此猛烈，乌云密布，大雨倾盆。夫妻之间本应共勉同心，可夫君却如风雨般无常，没有缘由就发怒指责，让女子坐立不安。

女子感觉夫君像是变了一个人，脾气暴躁，性情冷漠，与她渐渐疏远。哪怕是在集市上，他也要刻意与她保持距离，如同陌生人。

她不明白到底哪里出错了？

直到有一日，她看见自己的夫君挽着另一个女子，他们谈笑风生，举止亲昵，像极了戏中的才子佳人。

顿时，红了眼眶，泪水不受控制地涌出。

她双手紧紧地握成拳，眸中满是痛楚、仇恨，心如被巨石碾过，碎得一塌糊涂。她自问没做错过事情，成亲后，贤良淑德，相夫教子，努力成为一个好妻子。可即便如此，不幸还是找上了她。

如此荒唐的事情，竟然发生在自己身上。

她哭过，闹过，以为那人会心中有愧，可万没想到，他却亲手将一纸休书递给她，残忍地说：“从今往后，一别两宽，彼此欢喜。”

男子轻飘飘的一句话，足以毁了女子的半生。

她的期盼与等待瞬间烟消云散，身心坠入了黑暗的深潭，找不到前方的路。

人怎能如此忘恩负义？难道采来蔓菁和萝卜后，就要丢弃根茎？她无法接受这个结果，她固执地说："德音莫违，及尔同死！"

往日的良言休要抛弃，到死也不能与他分离！

这是女子最后的坚持！古有七出之罪，七出者：不顺父母者，无子者，淫泆者，嫉妒者，恶疾者，多口舌者，窃盗者。

她没有犯七出之罪，夫君无权休她。只要她一日不离家，夫君便一日不能另娶。

女子的想法太过单纯，从夫君背弃她的那一刻，这个家就已经不完整了。她守着一个变了心的男子，整日要忍受冷暴力，争吵无休无止，最后两败俱伤，谁也不能解脱。简直是杀敌一千，自损八百。

她终于明白，一段破裂的婚姻，没有继续下去的道理。她放弃了苦守的阵地，拿过休书，缓缓签上自己的名字，一笔一画，皆是对往日的告别。

旧人未走，男子便迫不及待娶新人进门。

亲眼见着夫君与别人拜堂成亲，那滋味一定如饮鸩酒。

迎亲再婚之日，家中的丫鬟催促她快些离开，免得惹新妇心中不悦。

她苦笑，自己再也不属于这里。

行道迟迟，中心有违。不远伊迩，薄送我畿。

她收拾好衣物，缓慢地走出屋子，每移动一步，心就痛一分。这是她住了十几年的宅子，她对一砖一瓦，一草一木，都满含深情，将要离去，难免心有不舍。

舍不得旧物，更舍不得故人，她最后的心愿是想让他送送自己，不求远送，只求近送，哪知薄情的男子只将她送到门槛。

原来，这就是他对她仅存的爱。爱到不肯往前一步，厌到不肯多看一眼。

谁谓荼苦？其甘如荠。

荼，苦菜。荠，荠菜。

谁说苦菜味苦？或许甜如荠菜。正如今日的这场婚礼，对她来说，是苦，对男子来说，是甜，其中滋味，唯有经历者分辨得清。

泾以渭浊，湜湜其沚。

泾水河清，渭水河浑，泾河的水流入渭河时，清浊不混。泾渭分明一词用来比喻界限分明或是非分明。

诗中，泾水因渭水流入而表面变浑，河底仍旧清澈。那河水正如女子的心，即使遭受夫君的指责，心依然干净透彻。

她孤身走在巷子中，回望一眼宅院，他们新婚燕尔多欢喜，无人怜惜她的痛。她怒声道："毋逝我梁，毋发我笱。我躬不阅，遑恤我后！"

不要再到我的鱼坝来，不要再把鱼篓打开，既然现在不容我，以后万事莫要求我。

从前，她苦心经营着婚姻，河深舟渡，水浅泳渡，无论夫君遇到任何困难，她都想尽办法解决。家中有什么，没有什么，都会及时备办。但凡邻里有难，她都是匍匐奔走救助。

可男子偏偏不好生爱惜她，反而把她当成仇家。

既阻我德，贾用不售。

她的一番好意，被他狠狠践踏，他对她不理不睬，就像商贾的货物没人买。回想昔日，家中贫困，他们患难与共，如今，家境富裕，竟厌弃她如毒虫。

有些人就是这样，可以同苦，不能同甘，刚尝到生活的甜头，便忘了初心，抛弃糟糠，攀龙附凤。包公斩得了陈世美，却斩不尽天下负心人，还有多少女子要遭受这样的不公？

回到家乡后，她想开始新的生活，可怎么也走不出往事的阴影。

寒冬来临，她独自居住，灶台上只有一碗清淡的野菜粥，味同嚼蜡。

女子想起自己早早腌制了许多蔬菜，准备储存起来过冬。现在，她被赶出家门，便宜了那对新婚夫妻，用她的积蓄来应急。

她又想起令人愤恨的往事：有洸有溃，既诒我肆。

那个男子对她又打又骂，呼来喝去，当初的情意全不念，往日的恩爱化作一场空。

北风呼啸而过，吹开破旧的屋门，她望见外面茫茫白雪，呼吸着冰冷的空气，身心皆是痛苦。她的身体已经离开了那个家，怎奈心被困住，陷入悲伤的过往之中，左思右想，心中有气、有怨、有哀、有仇。

同样遭到抛弃，诗中的女子远不如《氓》中的女子愤慨决绝。

《氓》中女子能坚决地唱出："及尔偕老，老使我怨。淇则有岸，隰则有泮。总角之宴，言笑晏晏。信誓旦旦，不思其反。反是不思，亦已焉哉！"

既然无法白头到老，就算了吧！不去想，不去念，这才是一别两宽，各自欢喜。

何必执着，何必计较，何必自寻烦恼。

15. 邶风·匏有苦叶——西风渡口等君归

匏有苦叶，济有深涉。深则厉，浅则揭。

有瀰济盈，有鷖雉鸣。济盈不濡轨，雉鸣求其牡。

雍雍鸣雁，旭日始旦。士如归妻，迨冰未泮。

招招舟子，人涉卬否。人涉卬否，卬须我友。

凛冽的北风呼啸而过，悠悠济水散发着刺骨的寒气，行人裹紧衣衫，脚步匆忙地往家走去，唯有一个瘦弱的女子逆向而行，她顶着寒风来到渡口，清澈的双眸痴痴地望向过往的船只。

她在等船，抑或是在等一个人。

匏有苦叶，济有深涉。

古代的婚嫁，新婚夫妇需饮合卺酒，盛酒的容器正是用剖开的匏瓜（葫芦）。开篇就暗示了这是关于等待的爱情故事，古代女子盼嫁，腼腆羞涩，不知如何表达，只能作一首《匏有苦叶》，将急切的心情轻轻唱出。

匏瓜叶苦，已经到了葫芦成熟的时候。女子等候在渡口，发现济水太深，她心中默默期盼心上人："深则厉，浅则揭。"

若是水深，就垂衣缓缓走来，若是水浅，就提衣快快走来。

女子能说出这番话，应该是试了水的深浅，她如此了解河水，许是因为时常来渡口的缘故。

冬去春来，花开花落，她日日在此等候，就为了等他来迎娶自己。

谁知，等了一年又一年，还是不见他的身影。

隔着文字，依旧能感受到女子的孤单与坚强，她如一棵青松立在寒风之中，执着地凝望远方，他一日不来，她一日不走。

她等了很久很久，等到济水开始上涨，等到林中的野鸡发出鸣叫。

济盈不濡轨，雉鸣求其牡。

即使河水上涨，也漫不过车轴，希望那个人不要因此而不来。听啊！林中有野鸡的叫声，一定是雌鸡呼唤着雄鸡，声声不断。恋爱中的人总爱胡思乱想，听到雉鸣，下意识地以为是在求偶，又联想到自己，难免流露出同病相怜的伤感。

日出东方，她看见茫茫济水泛着晨光，大雁划过天空，这个冬日即将远去。女子发出呼唤："士如归妻，迨冰未泮。"

若要娶妻，就不要等到冰雪融化时。

《孔子家语》有言："霜降而妇功成，嫁娶者行焉；冰泮而农桑起，昏礼杀于此。"这是古代的一种风俗，寒冬过去，便要停止嫁娶之事。

女子是真的着急了。若是过了嫁娶时节，要想成亲，便又要等一年。大好年华，等一年便少一年，她不愿再等。

这首诗终于到了结局：招招舟子，人涉卬否。人涉卬否，卬须我友。

女子等来了摆渡船，船夫瞧见女子一副焦急的样子，招手喊道："船来了！"

等船停稳后，渡口的人纷纷走上船，只有女子一动不动。她的目光扫了眼小船，并不见自己的情郎，失望地叹息道："我并非急着渡河，我是在等待朋友。"

女儿家娇羞，只说了"卬须我友"，没有用"郎"，而是用"友"，那姿态像极了现今女子否认恋情："我们只是朋友。"

朋友，绝不是简单的朋友。

船夫别有深意地笑了笑，划船离去。

故事到此结束，后面发生了什么，无人知晓。在漫长的等待中，女子焦灼过、悲伤过、愤怒过，到最后，所有的情绪都将化为平静。她知道，只要慢慢地等，那个男子终会来此。

白蛇在断桥之上等待许仙，是不是也怀着这样复杂的心情？望尽千帆皆不是，故人何时乘船来？万水千山，你可知道我已望穿秋水。

张爱玲在《半生缘》中写道："在这世界上，总有一个人是等着你的，不管在什么时候，不管在什么地方，反正你知道，总有这么个人。"

人海茫茫，爱上一个人也许就是一瞬间的事，有多少痴情人一生只等一人，甚至，为此付出了生命的代价。

印象中，最凄美的等待应该就是尾生抱柱，至死方休。

《庄子·盗跖》："尾生与女子期于梁下，女子不来，水至不去，抱梁柱而死。"

那个叫尾生的青年爱上了一个女子，尾生家贫，女子的父母强烈反对这门亲事。于是，二人私定终身，相约石桥会面，私奔出逃。

黄昏之时，尾生来到桥上，满怀期待地等待恋人。不料，乌云密布，天降暴雨，山洪暴发，河水越涨越高，淹没了石桥，漫过了他的膝盖。即使这样，尾生也没有离开，想起对女子的承诺，他紧抱着桥柱，坚决不肯松手。

他怕自己一离开，便与她错过。就这样，河水淹过他的身体，他的目光直直地望着前方，直到溺死水中，也未等到那个女子。

女子并非有意失约，只因私奔之事不慎泄露，被父母禁锢在家中，无法脱身。等到深夜，她逃出家门，来到桥边，洪水已经渐渐退去，她看见尾生紧紧抱着桥柱，已没了呼吸。女子悲痛欲绝，生不能同欢，死也要相聚，她抱着尾生的尸体一步步走进江中……

这故事流传千年，今人或许会觉得尾生痴傻，不懂变通，少有人会静下心来，细细琢磨尾生的爱。

等待皆因爱情，他在用生命去相信一个女子，信她会赴约。他的爱如此真诚，要等，便等到地老天荒，至死不渝，世上，又有几人能做到如此执着？

哪怕最后女子未去赴约，他依旧心怀温暖，含笑赴死。因为，他坚信她一定会来，即使阴阳相隔，她也会寻他到忘川之上，共赏彼岸花开。

问世间情为何物？千万年，沧海桑田，斗转星移，我依然爱你如初。来过，等过，爱过，重逢后，道一句："原来你也在这里。"

16. 邶风·旄丘——式微，式微，胡不归

旄丘之葛兮，何诞之节兮。叔兮伯兮，何多日也？

何其处也？必有与也！何其久也？必有以也！

狐裘蒙戎，匪车不东。叔兮伯兮，靡所与同。

琐兮尾兮，流离之子。叔兮伯兮，褎如充耳。

秋风萧瑟，拂过荒草丛生的山丘，掠过碧波荡漾的湖面，黎国君主步履艰难地走在路上，国破家亡，山河破碎，烽火弥漫的九州大地，满眼皆是疮痍。

他举目四望，前方便是富庶之地——卫国。听闻，那里百姓和睦，兵力强盛，是文人雅客称颂的国度。他眼中燃起了一丝希望，加快脚步，往卫国的领土走去，只想在日落前，见卫君一面，请求卫国出兵相助。

他来自黎国，一片原本安宁祥和的净土。

黎国也曾发生过一场惨烈的战争，商时，黎国国力强盛，周文王和儿子周武王担忧纵然伐纣，也难攻黎。所以，借"黎侯不从王命"之由，替纣伐黎，攻打黎国。兵临城下，惊醒了多少无辜百姓的梦，黎人惨遭屠杀，为躲避战乱，只能四处逃亡，远离家乡。

武王伐纣后，黎被改封给帝尧的后裔，仍然沿用黎国的

名字。然而，此时黎国早已辉煌不再，仅是弹丸之地的诸侯国，纵然黎人重建家园，也再难恢复当年的繁华。

公元前663年，战争又一次降临，潞子国的大军攻破黎国。敌军的铁骑踏碎了万里河山，黎国军士奋勇抵抗，终究不敌，黎国君臣只能弃国而去，流落异国他乡。

黎君并没有放弃复国，他放下所有的尊严，去哀求邻国出兵援助，怎奈世态炎凉，无人愿意出兵。

这一日，黎君逃亡至卫国，卫君以礼相待，为他们安排住所、衣食，却迟迟没有给黎君助其复国的答复。

旄丘之葛兮，何诞之节兮。

山丘之上，葛藤蔓蔓。黎君时常登上山丘，停步伫立，望向卫国王宫，若有所思。

他在想：叔兮伯兮，何多日也？

"卫国诸臣为何不来相帮？"

时间一日日过去，黎君已经失去了耐性。寄人篱下的生活，本就让他失去了自尊，此时，卫国不明朗的态度，又让他心急如焚。

他看向紧闭的宫门，开始自问自答：为何还在宫中？必是在等人同行。为何等待这么久？必有原因。

黎君并没有将事情想得太过悲观，他以为卫国不发兵，是在等待盟军，或者征集粮草，殊不知卫君从未打算相助黎国。

乱世之中，谁不愿明哲保身，更何况，卫国并非强国，一旦开战，就意味着树敌，没有十足的把握，卫国绝不会轻易出兵。此时，卫君冒险收留黎国君臣，已算仁至义尽。

黎君没有等到援兵，他看见卫国臣子穿着狐裘锦衣，乘车而行，故意躲避黎君，不往东来。

他怨：叔兮伯兮，靡所与同。

"卫国的诸臣啊，没有与我同心之人。"

黎君叹息自己如此卑微渺小，流离失所无可依靠。

他恨：叔兮伯兮，褎如充耳。

"卫国的诸臣啊，充耳装作不知道。"

黎君对卫国冷漠的态度，失望至极，不禁发出怨言。

他认为强者理所应当帮助弱者，如若不帮，便是无情无义。一代君主，竟不知"帮了是情分，不帮是本分"的道理，心胸如此狭隘，难怪守不住黎国。

黎国的臣子见君主如此无能，只好不断地谏言，劝他早日归国。

毕竟，黎国尚有百姓深受战乱之苦，君主一日不归国，百姓一日不齐心。

黎君没有请到援军，心有不甘，坚持不归国。

深夜无人之时，臣子思念家乡故土，低声唱着《式微》："式微，式微，胡不归？微君之故，胡为乎中露！式微，式微，胡不归？微君之躬，胡为乎泥中！"

天黑了，天黑了，为何还是不回家？要不是为了君主，何以还在露水中！

天黑了，天黑了，为何还是不回家？要不是为了君主，何以还在泥浆中！

黎君一路逃亡，百人千人昼夜不歇地服侍他，为君者不仁，万民皆苦。这些随行的人们，地位卑微，又身处异国，受尽冷言嘲讽，有家归不得，苦不堪言。

身为臣子，既要面对君主的愁容，又要面对百姓的怨言，左右为难，如履薄冰。

一首《旄丘》，一首《式微》，道尽了乱世之苦，君王苦，臣子苦，百姓苦，怨人怨己，终难自救。

又是一年清秋，落叶凋零，黎君心中的希望一点点破碎，心灰意冷，决定离开卫国。

他没有回黎国，而是继续前行，辗转流亡，居无定所，一直在寻求强者的庇护。

直到公元前594年，晋国大将军荀林父出兵灭掉潞子国，帮助黎侯的后裔复国。黎国君臣感激涕零，以为遇到了善人，却不知晋国是披着羊皮的狼，就在黎国复国后不久，晋国将黎国彻底吞并，从此，黎国便消失在历史的长河中。

　　这样的伪善帮助，你可愿意接受？乱世中，什么样的人才是敌人？什么样的人才是友人？卫国虽未出手相救，却收留黎国君臣等人。晋匡出兵相帮，转头便将其吞并。风起云涌的乱世，孰对孰错，早已辨不清楚，不过是各自为营，彼此利用罢了！

　　求人不如求己，真正的强者，是能在混乱的时局中，把握方向，于人生的绝境处，保持镇定，一味寻求帮助，终难成大器。

17. 邶风·静女——人约黄昏后

静女其姝，俟我于城隅。爱而不见，搔首踟蹰。

静女其娈，贻我彤管。彤管有炜，说怿女美。

自牧归荑，洵美且异。匪女之为美，美人之贻。

那一年，花开满城，杨花似飞雪，落在翩翩公子的肩头，公子一袭天青色衣衫，面如冠玉，神情亦佳，遥望远处的人群，双眸闪动着期待的光泽，似在等候佳人。

这世上，总有一个人，值得你去等待，去追寻，去爱护。

庆幸，他们在最美的年华，遇见了彼此。

这首诗是以男子的口吻来写男女幽会的过程，在男子眼中，那位姑娘便是一位静女。《毛诗传笺通释》写道："静当读靖，谓善女，犹云淑女、硕女也。"静女应是娴雅端庄的女子，与淑女、硕女意思相同。

年轻男女两情相悦，女子主动约男子城隅一见，男子欣然答应。

为了这场幽会，二人都精心准备了一番。男子对镜整衣冠，女子对镜贴花黄，反复问身旁人，今日自己的穿着可还得体？妆容可有不妥？这种忐忑紧张的心情，只有亲身经历过才会感同身受。

这日，男子早早地便来到城墙角落的偏僻处，抬头张望，却被房屋树枝挡住了视线，瞧不见姑娘的身影。

爱而不见，搔首踟蹰。

那姑娘似乎是故意躲着他，迟迟不肯露面，男子急得抓耳挠腮，四处张望，不见姑娘的身影，只能在原地徘徊。等待的时候，男子回想起与姑娘相识相知的情形。他的心上人，是世间最美好的女子，她温婉、娴静，好似永不枯萎的蔷薇花，令他辗转难忘。

终于，女子出现了。

她送给他一支红色的彤管，"彤管有炜，说怿女美"，彤管如此鲜艳，令人爱不释手。

关于"彤管"有三种说法，一说是红笔，一说是和荑草同类，还有人认为是涂了红色颜料的管状乐器。总之，这彤管并非贵重之物，不过，在男子心中，这支彤管胜过千金万银。

后来，那女子从郊野采荑送给男子，男子欢喜道："匪女之为美，美人之贻。"

不是荑长得美，而是因为静女亲自采来送给自己，才觉得美丽。这便是"爱屋及乌"，凡是姑娘所赠，无关贵贱，都是好的，任何东西都不能代替。

女子递上信物，便是将终身托付给了男子。那一日，从清晨到黄昏，他们一直相伴，望着落日余晖，男子不舍地道了一声："再会。"

古代男女幽会本就是隐秘之事，即便礼教束缚，依旧有人勇于冲破世俗，哪怕是端庄娴雅的静女，也会为爱而冒险。

年轻人总要无拘无束地爱一场，等到韶华逝去，回首一生，方不会留下遗憾。

说到幽会，有一个人不得不提，那便是宋代才女朱淑真。这个女子一生都在和世俗抗衡，直到生命的最后一刻，也不曾认输。

父母之命，媒妁之言，她被迫嫁给一个俗吏，所嫁非偶，二人成亲数载，貌合神离，男子日日寻花问柳，对她非打即骂，她将内心的痛楚写进诗中，字字血泪，宛如风雨中折断翅膀的蝴蝶。

她终于忍受不住，决定分居，暂时摆脱煎熬。封建社会，男性的权利远远高于女性，男子可以三妻四妾，女子却只能独守空房。朱淑真不愿做礼教的奴隶，她选择用全部的生命去爱一个人！

　　朱淑真爱上了一位才子，一见钟情，只觉相见恨晚。那是她黑暗生活中的一缕光，温暖了她冰封已久的心。遇见他，是她一生中最幸运的事情，她在他身上，看到了希望，这人间如此值得。

　　要爱，便要正大光明地爱。她一次次幽会情郎，情郎应约而至，两个人不顾周围的嘲讽、唾弃，誓死也不分离。朱淑真放肆地写下幽会的情景：娇痴不怕人猜，和衣睡倒人怀。最是分携时候，归来懒傍妆台。

　　她就是要让世人知道，自己多么幸福！倘若世界没有光亮，她便要化为火焰，照亮一条特殊的路。那段时光，琴瑟和鸣，赌书泼茶，她找到了生命的意义，也找到了活下去的勇气。可是，她也为此付出了惨痛的代价，她的父母亲人渐渐疏远她，大抵觉得她是异类，抑或觉得她读书读傻了。那些人为了所谓的传统规矩，将至亲之人抛弃，甚至，与旁人一起指责她"离经叛道""有辱门风"。

　　她做错了什么？俗吏为了颜面，不肯写下休书；父母为了体统，不许她回家。所有人都在为自己而活，无人关心她的喜怒哀乐。既然如此，她又何必忍耐！她索性继续放纵下去，在最荒芜的时代，绚烂盛开。

　　直到一年上元佳节，灯火阑珊处，她没有等来他的身影。

　　那个人从来不会失约，除非，遭遇不测……

　　是谁棒打鸳鸯？是谁忘情弃义？

　　一首《生查子》，写尽哀愁：去年元夜时，花市灯如昼。月上柳梢头，人约黄昏后。今年元夜时，月与灯依旧。

不见去年人，泪湿春衫袖。

黄昏后，朱淑真等了很久很久，直到一盏盏花灯熄灭，一束束烟花坠落，她才落寞地离去。

从此以后，她都不必再等了。那个人，再也不会来赴约。

一个凄凉的夜，她永远停止了呼吸，芳魂永归。这世界就是如此残忍，容得下万水千山，却容不下女子的情。爱了一世，痛了半生，直到死，她都没有得到自由。

此时，外面那些看热闹的人，应该不会感到悲伤，关于朱淑真的流言依旧传得沸沸扬扬，这些恶毒的人永远也不会承认自己是逼死朱淑真的凶手。

她的父母烧毁了她所有的诗稿，想要抹去她的痕迹，可是，有心人还是收藏了不少流传在外的诗稿，传于后人。她是不该被人遗忘的女子，这世上，总有爱她之人。

万丈红尘，你可否看见爱情的颜色？人生不过百年，何必委屈自己，讨好世界？若活着，便要痛痛快快地活，活出自己的精彩。

18. 邶风·新台——胭脂血泪情

新台有泚，河水弥弥。燕婉之求，蘧篨不鲜。

新台有洒，河水浼浼。燕婉之求，蘧篨不殄。

鱼网之设，鸿则离之。燕婉之求，得此戚施。

卫国、齐国又是一次联姻。不知从何时开始，齐女嫁卫君，已传为一代佳话。

这一次的新娘是宣姜，齐僖公之女。

华丽的宫殿挂着一盏盏红灯笼，华灯初上，万烛照空如白昼。婢女扶着宣姜走进寝宫，步步生莲，天生丽质。

殿外，几个宫人议论起这桩婚事，纷纷觉得惋惜："这样的美人，真是可惜了……""想不到君主竟做出如此龌龊之事。"

这些话一字不漏地传入宣姜耳中，她的心已经千疮百孔，合上眼，一滴血泪缓缓流下。

今日发生的一切历历在目，简直荒唐可笑！

齐国有美人兮，芳名传四方。

她的美远远胜于庄姜，绝世风华，是王孙贵族心慕已久的女子。

那年，她到了适婚的年龄，各国都派了使臣来求亲。齐僖公见到卫宣公之子公子伋年少有为，将来或能继承大统，成为一代明君，权衡之下，他决定与卫国联姻，将女儿远嫁卫国。

当宣姜听闻这桩婚事时，并未有抵触之情，反而有些小小的期待。

这位公子伋的出身并不光彩，是卫宣公与庶母夷姜私通所生之子，自幼寄养在民间，直到卫宣公即位，才将他接入宫中。不过，有志不在出身，公子伋宅心仁厚，若能嫁他为妻，婚后应会举案齐眉，鹿车共挽。宣姜从来不在意他的身份，她要嫁的是他这个人，而不是他的家族。

宣姜满怀期待地准备嫁衣，绣着鸳鸯手帕，采来凤仙花花瓣，捣碎后涂在指甲上，她要以最美的姿态出现在世人面前，像当年的庄姜一样，受百姓爱戴。

她时常在想，会不会也有人为自己作诗？会用什么样的佳句来形容自己？

听宫人说，卫国已经开始建造行宫别苑——新台，雕梁画栋，甚是奢华，可见卫君极为重视这桩婚事。

几个月后，她坐上卫国的马车，在一片锣鼓声中，来到新台。

只是，她没想到，与自己拜堂成亲之人竟是卫宣公。

这个驼背干瘪的老头，双目眯成一条细线，直直地盯着她，嘴角露出诡异狰狞的笑。

公子伋呢？这到底是怎么回事？

宣姜慌张地看向四周，发现齐国的随嫁臣仆全部被支开，她感觉到了阴谋的气息。

恐惧如一条冰凉的小蛇，从脚底窜到心脏，她吓得面色苍白，想要逃离这里，双手却被侍女紧紧握住，她们将她强行送入了寝宫。

她独坐殿中，仿佛置身于泥泞的沼泽，恐惧挣扎，难以呼吸。

殿门"砰"的一声被人推开，卫宣公跟跟跄跄地走进来，身上散发着令人作呕的酒气。

那一晚，她成了最悲哀的新娘。

新台是宣姜的囚笼，她逃不了，死不了，只能默默忍受着痛苦。

齐僖公听闻此事，火冒三丈，当即就要出兵讨伐卫国。可平静下来，又不忍百姓饱受战乱之苦，只能委屈一下女儿，承认了这桩婚事。

宣姜没有等来齐国的救援，父亲的意思是让她认命。

齐国不会为了一个女子而发兵征战，更何况，公子伋未必有机会成为储君，宣姜嫁给卫宣公，等同于提前成了王的女人，论辈分，卫宣公还要恭恭敬敬地唤齐僖公一声"岳父大人"，这样的结果对齐国来说极为有利。

宣姜不禁苦笑："原来，我只是一枚棋子。"

她的悲，她的喜，又有何人关心？

当公子伋赶回卫国，为时已晚，自己的妻子早已成了父亲的宠姬。那一晚，他来到新台，在宫殿门前站了许久许久，双手紧握着腰间的佩剑，眸中满是怨恨与不甘，终究……终究还是来晚了一步。

他与宣姜虽素未谋面，却早闻其名。当得知要娶她时，心中千般欢喜，难以言表。他亲手布置新房，将桃花放于白玉瓶之中，希望她入殿后，能想起那首《桃夭》。

如今，所有的幻想化为一场空，他望着夜空中那轮冷月，将所有的事情都想通了。

从一开始，父亲就没打算让他迎娶宣姜，先是以他的名义与齐国联姻，后又派他出使宋国，故意支开他，等他归国时，生米已煮成熟饭，事情已成定局。

即便他愤恨，又能如何？那个人是他的父亲，难不成，他要为了一个女子，谋反弑父？他不是州吁，做不到那般残忍。

他唯一能为她做的事情，便是折一枝桃花，放在她的门前，默默向上天祈福，愿她一世平安。

清晨，宣姜推开殿门，只见一枝桃花静静地躺在石阶上，她拾起桃花，缓缓抬头，只见一个俊朗的男子向她走来，那男子恭敬地行礼，低声道："拜见宣姜夫人。"

这是她第一次见到公子伋，这个本该成为自己夫君的男子。

宣姜心中五味杂陈，说不出是什么滋味，有疼痛、有委屈、有嘲讽。

她没想到，他的相貌如此英俊。

她没想到，他的举止如此儒雅。

她没想到，他的声音如此温柔。

每个女子心中都有一位谦谦君子，眼前这个人，便是她梦中的君子。

可是，他们已经错过了。

宣姜十指紧紧握住桃枝，指尖因用力而泛白，心中的伤口再次裂开。真是可笑，事已至此，他又来此做什么？同情她？还是可怜她？若他真的有心，为何不愿挺身而出，救她出囹圄？

这个人配不上她的爱。

她深吸一口气，强迫自己冷静下来，语气淡漠地道："以后，不必再见。"

九重宫闱，近在咫尺，却成天涯，他们终成陌路。

卫国的百姓目睹这场闹剧，为宣姜、公子伋这对年轻人感到不平，作诗《新台》嘲讽卫宣公。

先是咏唱新台之辉煌，河水之奔腾，一番美好山河之景，令人心神向往。后又，又将卫宣公比作蘧篨，类似癞蛤蟆的动物，讽刺年老丑陋的卫宣公，癞蛤蟆想吃天鹅肉。

"不鲜""不殄"皆是说卫宣公劣迹斑斑，违背天伦。

他的所作所为，好比"鱼网之设，鸿则离之"。

人们设好渔网本是用来捕鱼，却没想到一只蛤蟆落入网中。美好的愿望在刹那破碎，再无收网的喜悦，正如宣姜见到卫宣公时的心情，如死灰般沉寂。

那河水弥弥像极了宣姜流不尽的眼泪，她恨卫宣公的欺骗，恨公子伋的心善，恨齐僖公的隐忍，午夜梦回，总会想起新婚之日的屈辱，心痛到不能呼吸。

雨夜，宣姜读着那首《新台》，怨恨弥漫心头。

同为齐国公主，她与庄姜却走上了不同的道路，她的一生，都将活在煎熬中。

不！这不是她要的结果！

她的目光中闪过一丝寒意，面无表情地撕毁诗稿。

一夜之间，宣姜蜕变成冷血的复仇者，下定决心要搅乱卫国朝堂，报复这些伤她至深的男子。

19. 邶风·二子乘舟——浮华一世大梦归

二子乘舟，泛泛其景。愿言思子，中心养养！
二子乘舟，泛泛其逝。愿言思子，不瑕有害！

卫国王宫，宣姜端坐在庭前，神情悠闲地欣赏着白玉瓶中沾着露水的桃花，淡淡的桃花香气，如此令人心安。

忽然，传来了丧钟之声。

丧钟为谁而鸣？宫人顿时紧张起来，又是哪个皇亲国戚亡故？

宣姜面容淡定如水，并没有因为钟声而感到悲伤，仿佛一切都是意料之中的事情。

卫国军士疾步走到宣姜面前，声音颤抖地道："事成，但是……"

宣姜心里一慌，蹙眉问："但是什么？"

军士眼中浸着悲痛："公子伋、公子寿同在舟上，二子皆亡。"

闻言，宣姜的心如千斤巨石般沉重，喉间涌上一丝腥甜，鲜血从唇角溢出，染红了指尖的桃花。

那日，她的情绪几近崩溃，回忆过往，方知一步错，步步错。

事情要从十几年前说起，卫宣公新台纳媳，宣姜选择隐忍顺从。整日面对一个丑恶不堪的老头，她的心早已麻木，唯一支撑她活下去的信念就是报仇，只有走上权力的巅峰，才能将仇恨的人踩在脚下。

她与卫宣公夜夜笙歌，醉生梦死，后宫佳丽三千，宣姜一人独占恩宠。在世人的讥笑谩骂中，她连生二子，长子名寿，次子名朔，母凭子贵，她已经完全碾压了公子伋的生母夷姜，成了卫国最尊贵的女子。

宣姜与公子伋同在王宫，相见之时，难免会想起心伤的往事。

她本该是他的妻子，却被他的父亲夺去。

他本有机会夺回，却败给了骨肉亲情。

他们之间有一道难以跨越的沟壑，她无法原谅他的仁慈，他无法理解她的怨恨。从此，他们各自为政，各行其是，她为自己的孩子谋权，他为自己的母亲谋爱。

其实，公子伋从未想过同她相争相斗，从始至终，他只想这个可怜的女子可以平安喜乐，不再被命运捉弄。然而，宣姜被仇恨蒙蔽了双眼，她以为他们是水火不相容的敌人，必须斗到你死我活的地步。

宣姜太有手腕，三言两语蛊惑人心，央求卫宣公另立储君，传位给公子寿，或者公子朔，好在卫宣公并不糊涂，迟迟没有答应此事。宣姜的两个儿子性格相差甚远，公子寿天性纯善，是位正人君子，公子朔阴险狡诈，是个不折不扣的笑面虎。作为母亲，宣姜一定不了解自己的孩子，若她了解，绝不会在不久之后做出那些无法弥补的错事。

公子伋生辰之日，公子朔酝酿出一条歹毒的计谋，他提前离席，跑去宣姜的寝宫又哭又闹，扯谎道："公子伋醉酒，竟呼我为儿，我一时愤慨，便反驳了几句，谁知他竟口出狂言，说母亲原本是他的妻子，我称他为父，乃是天经地义的事情。"

公子朔清楚当年的事情，知道那是宣姜的痛处。

果然，宣姜听罢，顿时面色苍白，心中的伤疤又被撕裂，泪水滚滚而下。这么多年，无人敢提那件事情，为何公子伋要旧事重提？分明是想羞辱她，让她时时刻刻记住肮脏的过去。

所有的误会都从这一刻开始。

自古以来，都有"立嫡不立贤，立长不立幼"的传统，公子伋是公子寿、公子朔的兄长，日后，必会成为公子寿继位的拦路石。于是，宣姜想趁此机会，扳倒公子伋。她哭着向卫宣公告状，卫宣公立刻去斥责公子伋的生母夷姜，夷姜哪里受过这般屈辱，一怒之下，悬梁自尽。

公子伋明知此事是宣姜所为，却没有报复，而是处处忍让。

而后，宣姜、公子朔频频污蔑公子伋，恶意造谣生事，虚假的事情说得多了，自然而然就令人相信了。公子伋的存在，让卫宣公感到隐隐不安，于是，父亲对儿子动了杀心。

卫宣公派公子伋前往齐国，并安排刺客在路上埋伏。公子寿无意之间知晓了此事，立即告诉了公子伋，劝他赶紧逃走。

公子伋却道："这是父亲的命令，我不能逃。"

君要臣死，臣不死是为不忠；父叫子亡，子不亡则为不孝。若他逃了，或许能活一时，却不能活一世。

更何况，公子伋清楚这件事的背后还藏着一个人——宣姜。没想到，这么多年过去，她还是没有原谅他。是不是只有他死了，她才能从往事中解脱？如果是这样，他愿意用自己的死，换她的锦绣前程。

公子寿见公子伋如此固执，便假意设宴为他饯别，故意将他灌醉，盗走了公子伋的旄节，代替他去往莘地。

公子伋醒来后，发现旄节被窃，才知自己中计，立即快马加鞭去追公子寿。结果，找到他时，他已被刺身亡。

他抱着公子寿的尸体，悲伤不已。

公子寿为自己而死，若自己继续活着，父亲、宣姜都不会放过他。

他对刺客道："卫侯命令你们杀我，公子寿有什么罪呢？"

刺客举剑，刺向公子伋。

他望着锋利的剑刃，嘴角浮起一丝苦笑。

宣姜，如果这就是你要的结果，那么，我成全你。

公子伋含笑赴死，无惧无畏。

卫国人得知此事，深受感动，写下《二子乘舟》怀念兄弟二人。

你们乘着小舟离开了，小舟漂荡着远去，多么思念你啊！心中烦躁不安。

你们乘着小舟离开了，小舟漂荡着消失，多么思念你啊！切莫遇到危险。

那小舟上的二子终究没能逃过一劫。

二子命丧的消息传入卫国，宣姜当即晕倒过去，不省人事。

醒来后，真相渐渐浮出水面，她这才明白自己受了公子朔的蒙骗，亲手害死了公子伋、公子寿。一个是曾深爱过的男子，一个是仁善明德的长子，两人皆因她的贪欲而死，她一生都难赎清自己的罪。

宣姜整日郁郁寡欢，再不理会朝政。

四季轮转，她独坐在清冷的宫殿中，守着一杯清茶，等待归人。

可惜，她再也等不到那个人。

殿外的桃花又开了，恍惚间好似回到了从前，落英缤纷，杨柳飞絮，那位清隽雅致的君子手持一枝桃花，缓缓向她走来，霎时间，温暖了时光。

不久之后，卫宣公逝世，公子朔继位。凭着阴谋诡计夺得的王位，能令几人臣服？卫国贵族各怀心思，趁公子朔出兵攻打郑国时，发动政变，拥护黔牟为卫侯。

公子朔得知此事，无奈之下，只能狼狈不堪地逃往齐国，请求舅舅齐襄公相助。数年后，齐襄公率领诸侯攻卫，杀死黔牟。

这时候，齐襄公提出一计：让宣姜改嫁公子伋的同母弟弟公子顽。

如此荒唐的主意不知是出于什么目的，或许是为了笼络公子顽，抑或是为了安抚卫国臣子。总之，宣姜嫁了，公子顽娶了，两个人都被迫接受了这场婚姻，公子朔夺回了政权，从此高枕无忧。

一切，看似美好！

然而，谁又懂得宣姜的苦。她已然这个年岁，却还是要成为兄长、儿子巩固权力的棋子，她知道等待自己的将会是永无休止的嘲讽。

齐襄公走了，留下宣姜一人承受辱骂，街头巷尾开始传出难听的话语，人们作诗讽刺宣姜德行不端。

君子偕老

君子偕老，副笄六珈。委委佗佗，如山如河，象服是宜。子之不淑，云如之何？

玼兮玼兮，其之翟也。鬒发如云，不屑髢也；玉之瑱也，象之揥也，扬且之皙也。胡然而天也？胡然而帝也？

瑳兮瑳兮，其之展也。蒙彼绉絺，是绁袢也。子之清扬，扬且之颜也。展如之人兮，邦之媛也！

这首诗一面夸赞着宣姜的美貌，一面斥责着她的德行。

"你瞧，那女子雍容华贵，谁知德行如此丑恶。"

宣姜身上的罪恶再也洗不清。她不解释，不争辩，认为这都是自己的报应。

有一句话叫"苦海无边，回头是岸"，还有一句话叫"为时已晚"，她犯下的错误太多太多，自己都不肯原谅自己，又怎能要求别人原谅自己。所以，就让世人痛快地骂吧！笑吧！

她的心，早已破碎，随风而去了。

20. 鄘风·柏舟——此恨绵绵无绝期

泛彼柏舟，在彼中河。

髧彼两髦，实维我仪。

之死矢靡它。母也天只！不谅人只！

泛彼柏舟，在彼河侧。

髧彼两髦，实维我特。

之死矢靡慝。母也天只！不谅人只！

江南烟雨萦绕着数不尽的柔情，一叶轻舟载不动少年人的愁绪。

女子独坐在南山之上，神色忧伤地望着河水中漂荡的轻舟，小舟如落叶般漂荡在水中，随风而动，无所依从。

舟上空无一人，曾经那个冒雨划舟而来的少年，再也不会出现。

她抬起头，凝视着母亲，苦笑着问："阿娘，这个结果，你可满意？"

母亲静静地看向女儿，像是在看年轻时的自己，沉默良久，母亲沉声回答："这都是为了你好。"

"为了你好"，这四个字像是一道枷锁，狠狠缠绕着子女的心，让他们无力反抗。

　　《柏舟》中的姑娘爱上了一个少年郎，只是，她的选择并未得到母亲的应允，无父母之命，便无法成亲，姑娘一腔愤怒，誓与母亲抗争。

　　诗中描写男子"髧彼两髦"，髧，指头发下垂；两髦，指头发齐眉，分向两边。在古代，这样的发型，属于未行冠礼的男子。一般男子二十岁行冠礼，天子诸侯为早日执掌政权，会提前行礼，相传周文王就是十二岁而冠，成王十五岁而冠。

　　诗中男子应是二十岁不到的年轻人，年轻英俊，意气风发，正是人生最好的年纪。单纯的小姑娘爱上这样一个人，一点儿都不奇怪，女子反复强调"实维我仪"，心中已然确定，他就是自己一生的伴侣。

可是，她的母亲并不看好那个男子，甚至有些厌恶，总也不同意这桩婚事。

女儿要嫁，母亲反对，母女二人发生了激烈的争吵，各有各的立场，各有各的坚持，谁也不肯让步。母亲用过来人的经验劝阻姑娘，姑娘觉得母亲是杞人忧天，发出"之死矢靡慝"的呐喊！她的态度是：至死都不会改变心意。

姑娘愤怒地埋怨："母也天只！不谅人只！"

母亲啊！苍天啊！为何你不相信我的心！

家人不允许她与男子继续来往，她只能登上最高处，遥望远方，期盼着男子的身影。

这是女子对抗母亲的方式，至死不离心，一日不让她嫁，她便等一日，哪怕等到地老天荒，也心甘情愿。

她的行为引起了家族的不满，周围充斥着长辈们的责骂声，所有人都觉得她疯了，竟然为了一个男子，离经叛道，没有人愿意站在她的角度，为她考虑。她成了孤军奋战的勇士，以一己之力，对抗世俗言论。

无论结果如何，她都是胜利者。

古代女子三从四德、三纲五常，什么都学会了，却没学会做自己。而诗中的女子，敢于追求，敢于说"不"，总好过那些庸庸碌碌、一生听从父母的人。

一直在想，如果陆游对母亲的态度强硬一些，沈园或许就不会发生那场悲剧。

陆游迎娶唐婉时，也不过二十岁左右，两个人郎才女貌，如胶似漆，恰似神仙眷侣。可惜好景不长，陆母担忧陆游沉迷于儿女私情，耽误前程，便命陆游休妻，另娶王氏为妻。唐婉被休后，在家人的安排下，嫁给赵士程为妻。数年后，陆游、唐婉在沈园重逢，陆游写下一首《钗头凤·红酥手》，唐婉读后，又和一首《钗头凤·世情薄》，没过多久，唐婉抑郁而终。

当你为他们的故事叹息时，可曾想过陆游之后的生活？

不妨看看陆游的风月事。

他去四川的途中，寄宿在一间驿站，偶然之间瞧见驿站墙壁上题了一首诗：衕街蟋蟀闹清夜，金井梧桐辞故枝。一枕凄凉眠不得，挑灯起作感秋诗。后来，陆游得知此诗是驿卒的女儿所写，便纳她为妾室。据说，陆游的正妻王氏很不喜欢这个小妾，一气之下，将小妾逐出家门。

陆游与另一个女子杨氏还有一段故事，认识杨氏时，陆游早有正妻，为了避免两个女子争风吃醋，便安排杨氏住在别院。后来，杨氏生下一女，取名闰娘，陆游对这个女儿甚是疼爱，温柔地唤她"女女"，可惜，没过多久，闰娘便夭折了。陆游抱病多日，杨氏以为他有了新欢，整日心神不宁，他作词宽慰她，她却依旧心生怨气，并回给他一首词："说盟说誓，说情说意，动便春愁满纸。多应念、得脱空经，是那个先生教底？不茶不饭，不言不语，一味供他憔悴。相思已是不曾闲，又那得、功夫咒你。"

从词中可以看出，杨氏是个缺乏安全感的女子，正因她了解陆游的品性，所以才会生疑。"动便"二字，说明陆游常用这种话诓骗她，锦官城内多少温婉女子，或许，他真的移情别恋。这么多年，她早已看透了枕边人。

陆游代理嘉州知州期间，时常出入秦楼楚馆，与烟花女子饮酒作乐，朝中官员上奏弹劾陆游"不拘礼法""燕饮颓放"，范成大迫于压力，只能将陆游免职。无风不起浪，若他真的清清白白，也不至于被人抓住把柄。当51岁的陆游醉卧美人膝上时，不知可会想起沈园中的那个女子？

离开唐婉后，他又娶一妻一妾，生七子一女，展开一段新的生活，江南一梦，何其逍遥自在！沈园旧情终究抵不过浊世繁华。

什么是真情，什么是假意，此时，已经一目了然。诗人笔下的爱情，几分真？几分假？读着感人肺腑的诗句，却不知这诗句背后的苟且。细想之下，唐婉到底因何而死？陆游的那首《钗头凤》如一杯毒酒，唤回她所有的回忆、痛苦，将她逼上黄泉。若是真爱，何必要去打扰她的生活？

如果没有遇见陆游，她本可以和赵士程远离世俗，一辈子不去触碰那道伤口。偏偏他出现了，写下一首乱她心神的《钗头凤》。

早知后悔，当初为何不敢违背母命？果然，不是所有人都有勇气说一句："之死矢靡慝。"

年轻的陆游承担不了反抗的后果，若他维护唐婉，忤逆母亲，便是不孝，定会影响仕途。人啊，终究还是自私的……

现在，终于明白《柏舟》中的女子多么坚强，她反抗的不仅仅是母亲，更是那个时代。她像极了一头孤狼，脚踩荆棘，对着所有人宣战："我的爱，至死不休！"

你瞧，她已遍体鳞伤，可她依旧微笑着！

21. 鄘风·蝃蝀———一见知君即断肠

蝃蝀在东，莫之敢指。女子有行，远父母兄弟。

朝隮于西，崇朝其雨。女子有行，远兄弟父母。

乃如之人也，怀婚姻也。大无信也，不知命也！

说一段故事给你听，不妨猜猜故事的主人公。

月朗星稀的夜晚，女子背着包袱，蹑手蹑脚地离开家，单薄的身影融入无边的黑夜。

她来到书生家门前，鼓足了勇气，坚定地说出那句话："我要跟你走。"

从此两人一马，浪迹天涯。

后来，他们的故事流传千年，你可知故事中的女子是何人？男子是何人？

一定有人猜，那女子是卓文君，男子是司马相如；或是猜，那女子是红拂，男子是李靖。不必争，不必吵，千百年来，这样的男男女女层出不穷。无论是何人，想必你应该知道，他们都做了同一件事情———私奔。

《蝃蝀》也是关于女子私奔的故事。旧时，女子私奔是极为不光彩的事情，冲破世俗的一刹那，便是要与全世界对抗，若没有磐石般的爱情，千万不可轻易尝试。

蝃蝀，即彩虹，又称美人虹。古人认为虹是不祥之兆，类似于长虹贯日的天象，都被认为人间将有灾祸降临。诗中描写虹出东方，无人敢指，正是讽刺女子的婚姻错乱，并非明媒正娶。

朝虹又出现在西方，整个早晨都是阴雨绵绵，出嫁之日，皆是不吉利的气象，老天爷像是在惩罚这个冲破礼教的女子。

女子有行，远兄弟父母。

女子出嫁了，她远离父母和兄弟，娘家无人，举目无亲，唯一的依靠便是身旁的那个男子。这样的婚礼，只怕得不到多少亲朋好友的祝福。从女子踏出家门的那一刻，便注定走上了一条漂泊之路，她的余生是悲是喜，无人再去过问。

细雨浸湿了她的嫁衣，水滴顺着她的眉梢滑落，天公不作美，她还是微笑着拜堂成亲。

人们对女子恶言相向："乃如之人也，怀婚姻也。大无信也，不知命也！"

意思是说：如此可恶的女子，破坏礼仪传统，无贞无信无理，不知听从父母之命！

女子逃过了礼教束缚，却逃不过流言蜚语，"私奔"二字犹如一颗长在眉心的朱砂痣，将以最明显的方式伴随她一生。

私奔之事，古人大都痛斥女子，少有人责怪男子。这本是一个巴掌拍不响的事情，到最后，男子置身事外，要女子独自承受流言蜚语。在封建礼教面前，女子何其悲哀！男子何其幸运！

　　不禁开始担忧女子的未来，当爱情的美好渐渐消散，生活只剩下柴米油盐，男子可会爱她如初？在她无助之时，那个男人可会伸出双手，为她遮风挡雨？她的付出，可会得到半分回报？

　　同为女子，我希望她是幸福的，至少要比《井底引银瓶·止淫奔也》中的女子幸福。

　　白居易写这首诗的目的绝不是像《蝃蝀》那样斥责私奔女子，他只是在劝说那些追求自由的女子，凡事三思而后行，尤其是爱情，关乎女子一生的事情，要格外小心谨慎。

井底引银瓶·止淫奔也

井底引银瓶，银瓶欲上丝绳绝。

石上磨玉簪，玉簪欲成中央折。

瓶沉簪折知奈何？似妾今朝与君别。

忆昔在家为女时，人言举动有殊姿。

婵娟两鬓秋蝉翼，宛转双蛾远山色。

笑随戏伴后园中，此时与君未相识。

妾弄青梅凭短墙，君骑白马傍垂杨。

墙头马上遥相顾，一见知君即断肠。

知君断肠共君语，君指南山松柏树。

感君松柏化为心，暗合双鬟逐君去。

到君家舍五六年，君家大人频有言。

聘则为妻奔是妾，不堪主祀奉蘋蘩。

终知君家不可住，其奈出门无去处。

岂无父母在高堂？亦有亲情满故乡。

潜来更不通消息，今日悲羞归不得。

为君一日恩，误妾百年身。

寄言痴小人家女，慎勿将身轻许人！

诗中的女子也曾是大家闺秀，言行举止皆是一副明艳的姿态，她时常将长发梳成如秋蝉之翼般的发髻，再拿螺子黛细细地画远山眉，美人如花隔云端，她的美惊艳了时光。

年少时，她和婢女在后花园嬉戏欢笑，何等肆意潇洒！

直到后来，他出现了。

那日，她闲来无事，便倚靠在矮墙上，玩弄着青梅树的叶子，愕然间，望见远处的他。

垂杨旁，君骑着白马，静立在那里，相貌堂堂，卓尔不群。

墙头马上遥相顾，一见知君即断肠。

隔墙而望，一眼定情。她明知爱情之路坎坷，还是一意孤行，宁愿断肠，也要相思。恋爱中的女子哪里有什么理智，男子微笑，她便喜，男子蹙眉，她便忧。为了他，她甘愿抛下家族，随他而去。

她如愿进了他的家门，以为从此过上了无忧的日子，却没想到，他的父母说："聘则为妻，私奔是妾，你的身份没有资格参与家族祭祀。"

《礼记》中云："奔者为妾，父母国人皆贱之。"

原来，她只是妾室。

她恍然醒悟，入门五六年，自己终究是外人。更让她失望的是，男子的父母嘲讽她时，男子竟无动于衷。这种情况下，哪怕他说一句关切的话，她也不至于伤心欲绝。可叹，他一句话也没有，仿佛木头人般站在远处，冷眼旁观。

有时候，男女感情破裂，通常与变心背叛无关，而是相处时间长了，逐渐发现对方的缺点，经不住天长地久的考验，感情淡如白水。三年之痛，七年之痒，过得去便可白头，过不去便劳燕分飞。

男子的态度令女子心灰意冷，她不愿再住在这里，可是，离开这里，又能去哪里？天下之大，何处能容身？

当初离家之时，走得干脆决绝，全然不顾父母的眼泪，而今，她又有何面目回家？更何况，她真的已经许久没有和父母互通消息，久到她已经不敢提笔写信。

此时，多么悔恨　千万愁怨化为一句：为君一日恩，误妾百年身。

遇见君，究竟是福？还是祸？墙头马上遥相顾，一见知君即断肠。从一开始，就不应相识。郎啊郎，初见之时，我早已知道今日的结果，怎奈用情太深，明知断肠，亦要前行。

如果当年女子不曾凭墙弄青梅，就不会遇到骑白马的公子，她依旧是窈窕淑女，没有感天动地的私奔，只有平淡如水的日子，如此这般，未尝不是一件好事。

私奔本没有错，错的是人。倘若女子遇到一位良人，便是另一种结局。

"寄言痴小人家女，慎勿将身轻许人！"最后一句，是警告。痴情女子负心郎，谁来怜惜那些为情所困的女子？

千万不要轻易爱上一个人，在悲剧来临之前，你永远不知道对方是天使，还是魔鬼。

22.　鄘风·载驰——巾帼红颜志

　　载驰载驱，归唁卫侯。驱马悠悠，言至于漕。
大夫跋涉，我心则忧。

　　既不我嘉，不能旋反。视尔不臧，我思不远。

　　既不我嘉，不能旋济。视尔不臧，我思不閟。

　　陟彼阿丘，言采其蝱。女子善怀，亦各有行。
许人尤之，众稚且狂。

　　我行其野，芃芃其麦。控于大邦，谁因谁极？
大夫君子，无我有尤。百尔所思，不如我所之。

　　秋风把小窗轻轻推开，吹凉了女子手中的茶，女子微微
蹙眉，心中泛起一阵莫名的慌乱。

　　"今日可有家书送来？"女子问。

　　许国宫人眼神闪烁地回答："没有。"

　　女子知道一定发生了大事，只不过，所有人都在瞒
着她。

　　深夜，她孤身一人潜入许穆公的寝宫，找到了卫国送来
的家书，足足二十几封，上面写着一模一样的内容：狄人战
于荥泽，卫师败绩，请援。

　　卫国，她的母国，曾是盛世繁荣之地，千里江河，万民

同乐，而今，竟被北方狄人侵略，节节败退。

不！卫国绝不可以输。

泪水倾泻而下，濡湿了信笺，她下定决心：一定要回到卫国，与百姓同生共死。

这个女子便是许穆公的夫人，世人称她许穆夫人。

她是卫国传奇女子宣姜的女儿。宣姜的故事早已传得人尽皆知，卫宣公死后，宣姜改嫁继子公子顽，对于此事，世人褒贬不一。最无辜的应该就是孩子，许穆身为他们的女儿，从小到大，都被世人的言论所困扰。按照母系论，她是卫国君主卫懿公的妹妹，按照父系论，她就成了卫懿公的侄女，身份极为尴尬，父系母系都不愿承认她的存在。不过，这并不影响她成为君主手中的棋子。

卫国有美人兮，见之难忘。她遗传了母亲的倾国相貌，笑语嫣然，才华出众，如此妙人，自然引来不少的爱慕者。有人爱她的名，有人爱她的才，有人爱她的貌，既能娶到美人，又能与卫国联姻，何乐而不为？

许国、齐国同时派使臣来求亲。婚姻大事，许穆自有一番考虑，她对母亲言道："古者诸侯之有女子也，所以苞苴玩弄，系援于大国也。言今者许小而远，齐大而近。若今之世，强者为雄。如使边境有寇戎之事，维是四方之故，赴告大国，妾在，不犹愈乎！今舍近而就远，离大而附小，一旦有车驰之难，孰可与虑社稷？"

韶华之年的女子难得如此理智，她清楚自己的身份，为了母国，随时可以牺牲自己的幸福。她想嫁去齐国的原因只有一个：日后，若是卫国有难，齐国强盛，定能出兵相助。

然而，卫懿公却不这么认为，他看中了许国的重礼，在金钱的诱惑下，卫懿公把她嫁给了许国国君许穆公。所以，后人称她为许穆夫人。

远嫁之后，她夙夜思念家乡，写下《竹竿》《泉水》，用诗文抒发思乡之情。即使这般思念，她也没有回母国探望一眼亲人。直到公元前660年，狄兵侵犯卫国，卫懿公死于乱军刀下，卫国百姓惨遭屠杀。得知这个消息后，许穆夫人立刻请求许穆公出兵，然而，她跪了、求了，却没有得到一兵一卒。许穆公胆小怕事，不愿卷入这场战乱之中，只能放弃援助。

这也是许穆夫人意料之中的事情。夫妻相伴数十载，唯有危难之时，才能看清彼此的心。如果继续相信那个男子，怕是会更加失望。与其依靠别人，不如自我拯救。

那日，她决定回卫国，无论前方多少险阻，她也不会后退半步。

一路上，她看见战士浴血奋战，百姓流离失所，原本平静的国度，此时，充满了哀伤。

她不禁想起卫懿公，那个昏庸无能的国君，只因他爱鹤，便在宫中饲养成群的白鹤，不但给养鹤人官职，还封白鹤为将军，出巡时，那些鹤都要乘马车，如士大夫一般的待遇。更荒唐的是，卫懿公向百姓征收"鹤捐"，早已激起民怨。听闻，狄人入侵时，卫懿公也曾征兵抵抗，可惜，百姓宁愿逃亡，也不愿为这样的君主效命。最后，山河沦陷，国破人亡。卫国臣子拥护她的另一位兄长为君主（卫戴公），并逃亡至漕邑。

她必须快马加鞭，赶去漕邑，与卫戴公相见。

途中，许国大臣忽然找来，有的指责抱怨，有的冷嘲热讽，有的好言相劝。

若没有许穆公的默许，这些人怎敢如此无礼！

她的心彻底伤透了，幽声道："既不我嘉，不能旋反。视尔不臧，我思不远。既不我嘉，不能旋济。视尔不臧，我思不閟。"

这句话的意思是：既然都不赞许我，我便不能返回许国。比起你们心思不善，我对卫国难以忘怀。既然都不赞许我，我便不能渡河归卫国。比起你们心思不善，我对卫国的爱不会改变。

她陷入了纠结之中，手心是卫国，手背是许国，这些大臣在逼迫她放弃卫国。

一会儿登上山丘，采摘贝母草治疗心病，心中愁绪万千。

一会儿走在田野间，望着茂盛的麦田，不知该依靠谁？

"许人尤之，众稚且狂。"许国人为难她，阻拦她，笑她狂妄自大、愚蠢幼稚。可是，又有谁为她考虑过？

夫君不理解她，臣子怨恨于她。许国，不再是她依恋的家。那个胆小如鼠的男子，她已经不想提起，今生今世，最后悔的事情便是嫁给一个无能的君主。

她说："大夫君子，无我有尤。百尔所思，不如我所之。"

许国的诸位臣子啊！不要再对我生怨，你们思虑百遍，不如我的计策高明。

她一向有自己的主张，红颜从不软弱，许穆夫人用行动告诉天下人：绝不会放弃卫国。

经过数日的奔波，许穆夫人终于到了漕邑，她尽自己所能救济百姓，为他们安家，护他们安全。之后，她又找到卫戴公，一同商议复国大计。

她早已不是那个只知舞文弄墨的公主，现在的她不再是掌权者手中的棋子，她的使命是守护卫国的子民。那一刻，人们都被这个女子身上的光芒所震撼。她本可以留在许国，安享一生富贵，谁也没有想到她会回到卫国，身陷险境，与卫国人同生共死。

不久，卫戴公病逝，卫国人又拥护公子毁为君主（卫文公），同时，卫国得到了齐桓公相助，联合宋、许等国一同攻打狄兵，夺回失地。或许是许穆夫人的执着打动了许穆公，在大战之际，许穆公毅然参战。不过，许穆夫人性格如此刚强，只怕这辈子都不会原谅他曾经的所作所为。

两年后，卫国重建都城，恢复了往日的繁华，将盛世又延续了四百多年。

卫国人始终不会忘记，曾有一位公主，如此热爱这个国家。

她虽没有留下名字，但我们永远不会忘记，曾有那样一个女子存在过！

23. 卫风·淇奥——千古风流真名士

瞻彼淇奥，绿竹猗猗。有匪君子，如切如磋，如琢如磨。

瑟兮僩兮，赫兮咺兮。有匪君子，终不可谖兮。

瞻彼淇奥，绿竹青青。有匪君子，充耳琇莹，会弁如星。

瑟兮僩兮，赫兮咺兮。有匪君子，终不可谖兮。

瞻彼淇奥，绿竹如箦。有匪君子，如金如锡，如圭如璧。

宽兮绰兮，猗重较兮。善戏谑兮，不为虐兮。

卫国，一个满是风霜的国，从盛世到衰落，似乎只是刹那间的事情。

尔虞我诈的皇室，钩心斗角的贵族，附庸风雅的小人，劳燕分飞的怨侣，这片土地上，发生过太多复杂的故事，天空中蒙了尘埃，砖瓦中浸着鲜血，百姓们唱着一首又一首的悲歌，早已忘记了淇水之畔的浊世君子。

清风拂过竹林幽谷，那位君子携一卷书，斟一杯酒，衣袂飘飘，独坐幽篁，似在等待知己。

《淇奥》为君子而写。

淇水之畔，绿竹猗猗，有位文采出众的君子，如切如磋，如琢如磨。凡是玉石骨器都需精心打磨，方能圆润明亮，器物尚且如此，君子更要用心磋磨。十年树木，百年树人，君子的德行绝非一朝一夕之功，需在漫长的磨砺与雕琢中成长。

那位君子头戴冠冕，冠冕两旁的美玉垂至耳旁，帽上宝石如星辰。一遇君子，便终难忘记。

君子如金如锡，如圭如璧，有青铜般的意志，有玉器般的庄严，性情旷达，柔和谦顺，一言一行皆是优雅。他倚靠在华丽的马车上，与人谈笑，语言诙谐幽默，哪怕开个玩笑，也无人怨他。

这世间真有这样的君子吗？我的回答是：有。

魏晋时期，佳人如月般美好，君子如玉般清淡。那段岁月，既安静，又喧闹，如何活，怎么活，全在于人的心，善良的人活成了君子的姿态，丑恶的人活成了小人的嘴脸，所有的争斗、离心、追捧尽数融入这千年的风雅，琴也好，刀也罢，到最后，谁的白衣没有染上鲜血？唯有那个人，从始至终，活出了自己的潇洒。

那一年，阮籍走遍洛阳，以酒为伴，以琴为友，写下咏怀古诗八十二首，以诗写情，借古讽今。乱世中，宛如一缕清风，一生放纵自由。

阮籍一生都被仕途所牵绊，司马昭独揽大权，被株连者甚多，阮籍日日缄口不语，明哲保身，不愿参与任何朝堂争斗。即使这样，他也无法摆脱司马昭的掌控。司马氏为了拉拢他，派人上门提亲，想与阮籍结为亲家。为了躲避这门亲事，他袒胸而坐，饮酒次至酩酊大醉，不省人事。这一醉，便是六十日。无论是真醉，还是假醉，总之，他逃过了一劫。司马氏无奈之下，只好作罢。

阮籍习惯了无拘无束的生活，整日轻裘缓带，不鞋而屐，常和王戎去酒馆吃酒，醉了就若无其事地躺在卖酒女子旁边睡着了，从不避嫌。其实，他并非荒唐之人，相反，他对于儒家礼教思想是极为尊崇的，可他看不惯统治者对礼教的阳奉阴违，司马昭强权夺政，一面鱼肉百姓，一面自恃清高，华丽的锦衣下尽是丑恶的嘴脸。

阮籍被迫为这样的统治者做事，他的心无时无刻不在烈火中煎熬，他无法躲避，就反其道而行之，用自己放荡不羁的行为来讽刺那个时代。

这不是乱世，却也不是盛世，而是异常混乱的年代。若不愿在世俗中堕落，便只能隐于竹林之中，抚琴长啸。阮籍结识了王戎、嵇康这样的志同道合的友人。他们纵情于江湖，远于庙堂，在那清风明月之中，指点江山。即使千百年后，也难有人做到他们那般的"任性"。

一日，阮籍正在下棋，手中的棋子还未落下，竟忽闻母亲去世的噩耗。他神色淡定地对好友说："万事下完棋再议。"那是他一生下得最漫长的棋，棋盘上的黑白子让他不知所措，处变不惊的面容下是一颗正在滴血的心。清风袭来，依旧广袖飘飘，恍若仙人，可双眼早已泛红，浸着无助与哀伤，如孩子般让人心疼。一局棋过后，他没有归家，而是饮酒三斗，最后一口鲜血吐出，仰天长啸："穷矣。"

在为母亲服丧期间，他也不停地吃肉喝酒，神色自若。嵇康的哥哥嵇喜来致哀，阮籍因他居于礼法，对司马氏谗言献媚，便以白眼待之。而后来嵇康带酒夹琴而来，他便大喜，马上由白眼转为青眼。嵇康深知阮籍的痛苦，但他们只能以酒解忧，以琴抒情。然而，酒入愁肠愁更愁，琴声入耳忧更忧。两人同饮同醉，仙人般的外表下隐匿着一颗哀伤的心。

母亲丧期过后，阮籍又重新过回了混沌的生活。不分黑白地饮酒，一切随性而行。放纵地活着只为了躲避那些小人，他不愿用眼看世界，只用心去看，但他依然看不清那些人与事。也许，饮酒之后，他才是最清醒的，他知道自己该做什么，不该做什么。

　　那年寒冬已至，就在众人准备御寒之物时，他静静地离开了这个尘世，他的一生便这样消耗殆尽。谈到他，离不开酒字，离不开情字。飘逸若仙的气质下是他不甘屈服世俗的心，一世风流戛然而止，那是前无古人的魏晋风度，是低吟浅唱的绝世风华。

　　逆境之中，君子的处世之道常与旁人不同，如果无法改变，也绝对不会顺从。那竹林中再也寻不到君子的身影，有匪君子，如切如磋，如琢如磨，只有遇见，才知君子如玉，需经千磨万凿，才能成就一段精彩的人生。

　　有匪君子，你心中的君子是谁？

24. 卫风·竹竿——识汝凌云志

籊籊竹竿，以钓于淇。岂不尔思？远莫致之。

泉源在左，淇水在右。女子有行，远兄弟父母。

淇水在右，泉源在左。巧笑之瑳，佩玉之傩。

淇水滺滺，桧楫松舟。驾言出游，以写我忧。

许国皇宫锁住了许穆夫人的梦，这个孤独的女子，为了家国天下，远嫁异国，以一人之力，换得两国和平。又逢月圆时节，万家灯火辉煌，许国举国欢庆，一片喧闹声中，无人察觉到她的落寞。

她虽嫁到许国，可终究是个外人。

那夜，她梦回卫国，幽幽竹林，清泉如玉，煮一壶清茶，静等故人归来。

醒来后，她提笔写下这首《竹竿》，将回忆、梦想、思念写进诗里，留给后人听。

"籊籊竹竿，以钓于淇"，这是她的回忆：豆蔻年华，女孩们结伴来到淇水，手持竹竿，嬉戏垂钓。那时候，生活如此简单，没有钩心斗角，没有尔虞我诈，人与人之间充满信任、友爱。

美好的时光一去不复返，她岂能不思念？"远莫致之"，归途太长，她无法回到故乡。

"泉源在左，淇水在右""淇水在右，泉源在左"，女子反复强调泉源、淇水。她与卫国便宛如泉源、淇水，一左一右，难以相见。

女子出嫁，便要远离父母兄弟，远嫁，更相当于诀别。归家路漫漫，君不见美人泪如花，数年，数十年，可知她如何度过？异国之地，谁也不能信任，她只能独自踏出一条生路。

夜半入梦，她回到了卫国。姑娘们相貌未变，巧笑倩兮，明眸皓齿，腰系美玉，走起路来婀娜多姿。她们来到淇水，没有垂钓，而是一起泛舟游湖。

大梦一场终是空，醒来时，她依旧身处许国深宫，一轮冷月照进寝殿，分外凄凉，女子泪眼蒙胧，心上之伤又深了一层。

她想家了，可是，她回不去……

人到底能忍受孤独多久？那冰冷的宫墙终究成了女子的噩梦。

"驾言出游，以写我忧。"为排解思乡之愁，她只能驾车四处游玩，然而，许国再美，也比不上她的家乡。

那远山，那细水，终究不是她所爱。

千年后，又一位女子远嫁，她便是孝庄。早已名垂青史的女子，万人知晓她的伟大，何人了解她的无可奈何？

科尔沁草原辽阔宽广，一望无际，贝勒寨桑的二女儿本布泰天资聪颖，娇美动人，草原上的万物见了她，都要失了颜色。

本布泰自幼便要学习蒙古文、满文、汉文，只为完成自己的使命。贵族格格的婚事从来由不得自己，纵使万般不愿，还是要遵从父命，博尔济吉特氏一人出嫁，可保全族子民平安。那年，本布泰与皇太极完婚，完全是政治联姻，无关情爱。

好在，她的身边有一位善良的婢女，名为苏茉儿，婢女陪着她嫁到盛京，陪着她经历后宫争斗。

盛京的冬天寒风阵阵，皇城被冰雪覆盖。天寒不如人心寒，本布泰虽贵为庄妃，却没有得到皇太极的爱，她知道，他最爱的人是海兰珠。皇太极驾崩时，本布泰年仅三十一岁。红颜未老，便要过着孀居生活。丧夫之痛，朝堂纷争，母子分离，这是任何一个女子都难以承受的事情。多尔衮把持朝政，本布泰与福临每月仅能见一次，且相见之时也不能独处。

"哀家当如何？"身为皇太后的她从未如此无助，如同一只失去双翼的蝴蝶，挣扎于后宫之中。

那一刻，是苏茉儿握紧她的双手，代替她来往于宫廷之间，冒死为母子二人传递信笺。任何人都可以背叛皇太后，只有她不可以。数年的守候，她们渐渐苍老。朝堂纷争虽解，却还要面对更多的煎熬，可只要能时时见到彼此，便觉心安。

宫中流行天花时，皇帝和诸皇子凡没出过天花的全都到紫禁城外避痘。皇宫中所剩之人无几，本布泰牵挂着孙子玄烨，奈何贵为太后不可轻易走动，只能日日于宫中诵经祈祷。苏茉儿不辞辛苦，日夜不停地骑着马赶往宫城外的宅邸，按照皇太后的要求教导玄烨读书认字。

当苏茉儿托起玄烨的手写着满文时，她的思绪回到数年前，本布泰也曾托着她的手，颤颤抖抖地写着文字。一切似曾相识，那种感觉从未改变。

宫中的夜漫长又无声，她们于青灯古佛之下畅谈古今，于烛火阑珊处轻声私语，于月下亭台前遥想往事。然而，她们最大的心愿是回到科尔沁草原，回到最初相识的地方，那里没有人世险恶，没有明争暗斗，人与人之间不必钩心斗角，有的只是蓝天、白云、骏马。可是，她们清楚自己离最初的地方越来越远。

福临的离世让本布泰痛苦万分，然而，她必须尽快从悲痛中走出，辅佐新帝登基。苏茉儿望着慈宁宫内的太皇太后，忽觉岁月如此残忍，把当年草原上的一缕暖阳摧残成迎风而立的松柏。

她们都已年迈，再也无法走出紫禁城。本布泰已不再是当年贝勒府聪慧过人的格格，可苏茉儿依旧是跟在她身后的侍女。六十年的相守，她们早已不是主仆。这一生有许多遗憾，可都不及珍贵的情谊。苏茉儿一生未嫁，虽然也曾羡慕过凤冠霞帔，可若是自己出嫁，本布泰该如何呢？她终究还是舍不得离去。就这般，从寒至暑，度过春夏又一幕，直到离世，都未曾回到家乡。

如果许穆夫人身边也有一个苏茉儿，那么她的结局会不会不同？至少，在万人误解她时，会有一个人坚定不移地支持她。

许穆夫人、孝庄，都是极其坚强的女子，风雨来时，不退，刀剑划过，不惧。她们清楚自己想要什么，为了国家、百姓，愿意忍受世间的不公。女子能做到如此，实在不易！旧燕归家，暗自消损了年华，冷月深宫，再忆当年，怎能忘却一世风华？深宫锁不住她们的心，困不住她们的爱，光阴带给了她们从未懂得的蜕变，使这两个女人涅槃成凰。

25. 卫风·伯兮——归来路遥遥

伯兮朅兮，邦之桀兮。伯也执殳，为王前驱。
自伯之东，首如飞蓬。岂无膏沐？谁适为容！
其雨其雨，杲杲出日。愿言思伯，甘心首疾。
焉得谖草？言树之背。愿言思伯，使我心痗。

瑟瑟秋风，吹乱了女子的长发。

女子登上城楼，为夫君披上冰冷的盔甲，她在他耳畔轻轻地道："早日回来。"

阳光下，战士们的铁甲散发着耀眼的光芒，守一寸国土，护一方安宁，待到桃李重开时，将士们便会归来。

战争带来了什么？除了分离，还有荣耀。

"伯兮朅兮，邦之桀兮。伯也执殳，为王前驱。"由此句可以推断出，诗中的男子身份尊贵，英武勇猛，是安邦定国的英雄，他手执兵器，成为王的先锋。战争来临，勇者不畏不退，妻子为他感到骄傲。

古代成亲都是门当户对，男子身居高位，想必女子的身份也不简单，所以，她与其他女子不同，战争面前，她没有怨恨，在国和家面前，舍家而选国，深明大义，颇有贵族妇人的风范。

送君出城门，不知何年再相逢，她没有像其他女子那般哽咽流泪，而是目光炯炯地望着他的身影，队伍之中，他身姿挺拔，眉宇间有将相的威仪，堪称人中之龙。

纵然妻子千般不舍，也不会让夫君知晓，她不愿成为他的负担。

那日，她站在最高处，微笑着挥手送别，唯一的心愿便是：愿君早日凯旋。

离别之时，未觉伤情，离别之后，方知情深。时光一日日流逝，左等右等，不见君归，女子的心如在烈火中焚烧，急切又无奈。即便如此，她也不催促，不埋怨，只是默默地等。

自从夫君东征后，她再也无心梳妆打扮，头发蓬乱，润发的油脂哪里缺少？只是因为不知为谁而修饰容貌！女为悦己者容，若爱人不在身旁，眉为谁画？粉为谁抹？更何况，夫君在外征战，四面楚歌，她怎能有心情梳妆！

妆奁中的螺子黛、胭脂粉、鹅梨香已放了许久，落了厚厚的一层灰尘，她从不打扫，也无心打扫。没有爱人相伴的日子，越发倦怠，不敢触碰他的东西，不敢经过他的书房，一点一滴，皆能勾起无数回忆。

一场细雨过后，太阳出来了，她的夫君为何还没有回家？思念没有尽头，一想到夫君就会头痛欲裂。相思虽痛，心甘情愿。

听闻世上有一种谖草，又名忘忧草，若是寻来，便能忘了心中的伤痛。

"焉得谖草？言树之背。"到哪里才能寻到忘忧草？有人说：就种在后庭。

传说都是骗人的，那忘忧草只是一棵普通的黄花菜，即便吃下千株万株，也不会忘记一丝忧愁。

她只能叹息道："愿言思伯，使我心痗。"

女子已然相思成疾，不梳不洗，不言不语，一心只盼夫君归。此时此刻，不知她的心里有没有一丝后悔？悔教夫婿觅封侯。欲戴王冠，必承其重，在夫君光耀门楣之时，就必定要为天下人而战。

我想，女子应该不曾后悔，日子虽然孤独，却能在孤独中变得高尚。她的心既骄傲，又忧愁，骄傲的是夫君为国杀敌，忧愁的是夫君的安危，这种心情一点儿都不矛盾，这才是人类最真实的情感。

杜甫在《新婚别》中也曾写过这样一个纠结的女子。

新婚别

兔丝附蓬麻，引蔓故不长。嫁女与征夫，不如弃路旁。

结发为君妻，席不暖君床。暮婚晨告别，无乃太匆忙。

君行虽不远，守边赴河阳。妾身未分明，何以拜姑嫜？

父母养我时，日夜令我藏。生女有所归，鸡狗亦得将。

君今往死地，沉痛迫中肠。誓欲随君去，形势反苍黄。

勿为新婚念，努力事戎行。妇人在军中，兵气恐
不扬。

自嗟贫家女，久致罗襦裳。罗襦不复施，对君洗
红妆。

仰视百鸟飞，大小必双翔。人事多错迕，与君永
相望。

这首诗的创作背景是安史之乱，唐朝六十万大军败于邺
城，国家正是用兵之际，身为军人必须挺身而出。

"嫁女与征夫，不如弃路旁。"这是女子最深的抱怨，
早知要嫁给征夫，倒不如出生之时被弃在路旁。

当她知道夫君要去战场时，一颗心犹如凌迟般痛苦，战
场之上，生死难卜，这一走，或许就是永别。谁不知道战争
的惨烈，谁舍得让家人去前线？每个人都有私心，女子不愿
将来守寡。

昨夜成亲，今日离别，世上哪有这样的事情！这婚期实在太短，短到新婚夫妇还未睡暖床榻，便要两地分离。

作战之地乃是河阳，离家虽然不远，但已经是前线，最为危险的地方。正因如此，男子才更要去抵御敌军。身后便是家园，大唐军士怎能后退！

女子的心中依旧涌动着伤痛，却不像刚开始那样浓烈，她渐渐理解夫君的责任，明白国家的无助。一人之力不能拯救苍生，千人万人总有希望，她的夫君便是千万人之一。

她想随军同行，又怕影响士气，做不了花木兰，便做王宝钏。

分别前，她当着夫君的面，脱去嫁衣，洗去红妆，做回本来的自己。从此，胭脂水粉，绫罗绸缎，只为一人而留。

大唐江山，风雨飘摇，灾难来临时，谁也无法逃避。既不能逃，那便要战！情郎啊！不必为我忧心，请竭尽所能，为大唐效力！

女子这般安慰夫君："人事多错迕，与君永相望。"

人世间本就有太多不如意的事情，只希望与君同心同意，永世不忘。

这一别，生死与共，执手万万年。

最感人的诗，从不需要华丽的辞藻，只需将爱恨情仇写成故事，用质朴的语言表达，一字一句，满含深情，读过之后，眼中含泪，心中滴血。

26. 卫风·有狐——心上狐

有狐绥绥，在彼淇梁。心之忧矣，之子无裳。

有狐绥绥，在彼淇厉。心之忧矣，之子无带。

有狐绥绥，在彼淇侧。心之忧矣，之子无服。

淇水悠悠，倒映着女子的倩影，她漫步在河畔，往事随风而来。

忽然间，她发现不远处卧着一只白狐，高贵又孤独的狐，它正直直地望着她，清透明亮的眼睛，宛若黑夜中的星辰。这双眼睛，似曾相识，令女子的心微微颤动。

她又想起了那位故人，此时，他在何处？

有狐绥绥，在彼淇梁。

狐狸慢慢地走着，走上淇水石桥，形单影只，没有同伴相随。

清秋时节，天气日渐转凉，落叶纷纷，狐狸的身上沾着冰冷的露水，模样甚是可怜。

她心疼地蹙起眉头，轻轻地跟在狐狸后面，瞧见狐狸孤独的身影，不禁想起远方的爱人，心生忧愁，此时，他的身旁可有御寒的衣裳？

那只狐狸又去了浅滩、岸边，她一路跟随，看见狐狸的一身白毛被河水浸湿，久久不干，清风吹过，单薄的身子开始颤抖。她又开始担忧：之子无带、之子无服。

他会不会没有束裤的带子？会不会没有换洗的衣服？

这是来自一个妻子的惦念，有狐绥绥，所思之人在远方，自你走后，瞧那青山像尔，看那白狐也像你，万物皆是你。

狐狸啊狐狸，多想将你藏进心里，免你四处流离。

狐狸啊狐狸，来世还要与你相遇，免你孤苦无依。

先秦时期，狐狸一直是祥瑞、仁德的形象，人们常用狐狸来比喻君子。遇狐思人，想来令女子牵挂之人必是相貌堂堂的君子。乱世之中，能被人想念着，期盼着，真是一桩幸福的事情。

看到“狐”字，总会想起一些光怪陆离的神话故事。在中国古代，狐狸一直被人涂以神秘的色彩，《山海经》云：“青山之丘，有怪兽焉，其状如狐而九尾。”后来，狐狸又以幻化人形的精怪出现在书中，多以女子为主，少有男子，大都是蛊惑之态。直到蒲松龄的《聊斋志异》问世，才使狐狸的形象丰富夺目，女狐天真烂漫，男狐更是风流倜傥。

《聊斋志异》中的胡四相公最为重情重义，那是一桩无关风月的故事。

张虚一结识了狐狸胡四相公，一人一狐一见如故，交谈甚欢。张虚一天生喜狐，胡四又不惧生人，他们像是命中注定的知己。

他也曾问过胡四的年龄，胡四说：“黄巢造反，好似昨日。”

黄巢造反，乃是唐末的事情。原来，他已经活了近千

年。一个经历千年风霜的狐，看尽人世哀愁，悲欢离合，终
有一日，也会亲眼看着好友离开尘世。这就是所谓的人妖殊
途，人与狐终究是两个世界的人，胡四有千万年的生命，而
人只有百年，百年过后，胡四可还会记得自己？

　　张虚一得知胡四的年龄后，一定感慨良多，不过，他并
没有因此而疏远胡四，反而更加友善。何必烦恼将来，不如
珍惜现在！如果结局注定是分离，那不如让过程充满精彩。

　　至此之后，张虚一隔三岔五便会去拜访胡四相公，胡
四相公也派了小狐狸暗中保护张虚一。按照原文所说，应是
"虎狼暴客，恃以无恐"。

　　唯有一件事最是可惜，张虚一从未见过胡四的容貌。
胡四似乎是故意吊人胃口，犹抱琵琶半遮面，藏一半，露一
半，也算是好友之间的恶作剧。

　　张公子感叹："交情之好，如吾两人，可云无憾；终未
一见颜色，殊属恨事。"

胡四狡猾地回答："但得交好足矣，见面何为？"

一个想见，一个想藏，那画面着实有趣。

直到有一日，胡四要离开了。

他的家乡在遥远的陕西，这一别，不知何年何月才能相见。最后的晚宴，胡四不想留下遗憾，他想让张虚一见自己一面，日后重逢之时，也好相认。

张虚一推开那扇门，只见屋内坐着一位美少年，衣裳楚楚，眉目如画。这一见，像极了贾宝玉初见北静王，真是秀丽人物。

那少年调皮地笑道："今日总算无憾了吧！"

那一晚，他们喝得酩酊大醉，似乎想用烈酒麻痹心中的不舍。张虚一不记得自己是怎样回家的，醒来之后，那院子里已是空无一人。

留下的人最是落寞，想念故友的心，正如《有狐》中的女子。分别之后，每每遇到狐狸，都会驻足凝望，有狐绥绥，那双如清泉般的眼眸，与那人多么相似！

许多年过后，张虚一家中清贫，便去西川探望弟弟，想让弟弟关照一下自己。然而，人情冷暖，世道艰难，至亲并不愿给予他帮助。回家途中，他遇到一个风度翩翩的少年，宛如清风拂面，像极了当年那位故人胡四相公。

不知不觉间，他竟将心事全部告诉了少年。分别时，少年告诉他："前途有一人，寄君故人一物，乞笑纳也。"

前方果然有一位老者在等着他，那老者送给他一筐白银，并道："此乃胡四相公敬致先生。"

张虚一恍然大悟，回眸之时，老者已经消失不见。

　　这样的结局，既遗憾，又温暖。故友相见，虽未能同饮同醉，彻夜长谈，却有雪中送炭。这些年，他们相隔万里，依旧没有忘记对方。人生能得胡四这般知己，已然无憾。

　　关于狐，似乎总有说不完的故事。或许，每个人心中都住着一只"狐狸"，它可能是亲人、友人、爱人，长久的相处便有了羁绊，成为彼此的独一无二。

　　"只有用心灵看，才能看得清楚；本质的东西，眼睛是看不见的。"狐狸这样对小王子说。

　　不妨闭上眼，问一问自己的心，那里究竟住着谁？

　　你是我的狐狸，我又是谁的狐狸……

27. 卫风·木瓜——永以为好

投我以木瓜，报之以琼琚。匪报也，永以为好也！

投我以木桃，报之以琼瑶。匪报也，永以为好也！

投我以木李，报之以琼玖。匪报也，永以为好也！

木瓜成熟的季节，阳光照拂着果园，空气中弥漫着浓郁的果香，姑娘们结伴来到园子里，为心爱之人摘取甜蜜的果实。这里，一花一果皆是女儿家的情。

女子摘下浅绿色的木瓜，用清澈的山泉水洗去浮尘，小心翼翼地捧回家中。

这是她精心为情郎准备的礼物，赠君瓜果，礼轻情意重。

来而不往非礼也。中国自古以来便是礼仪之邦，即便男女交往，也要投桃报李，而不是一味索取。于是，便有了这首《木瓜》。

你送我木瓜，我还你琼琚。你送我木桃，我还你琼瑶。你送我木李，我还你琼玖。

"琼琚""琼瑶""琼玖"皆指美玉。

一个腼腆的佳人，鼓足勇气，将手中的瓜果送给男子，以此传情，若男子回礼，就表示他也中意女子，两情相悦，便可谈婚论嫁。诗中男子热情地回送一块玉佩，他生怕女子不敢接受如此贵重的回礼，立刻解释道："匪报也，永以为好也！"

这不仅仅是回礼，也是为了永远与你相好。

或许，这玉佩是男子最珍贵的东西，他将心爱之物赠与女子，可见对女子用情颇深。古人的爱情就是这样干脆，爱你，就敢把身家性命托付给你，无关利益，只是因为我想和你在一起。

无论你送我什么，我回赠之物皆是美玉。因为，只有无瑕的美玉才能配得上你的深情。这样一位痴情的男子，还有什么理由能拒绝呢？

女子娇羞地收下了美玉，道一句："愿与你为好。"

女子送男子瓜果，本就是一种表白方式，若男子生得俊美，自然会收到许多瓜果，后来，也就有了"掷果盈车"的典故。

西晋时期，有位美男子，名为潘安，是洛阳城中无人不知无人不晓的人物。自幼便聪慧过人，文采出众，被乡里称为"奇童"。长大后，更是玉树临风，当之无愧的才貌双全之人。

相传，潘安年轻之时，时常驱车而行，路经之地，上至白发老妪，下至豆蔻少女，纷纷往车上扔水果，以表心中的爱意。空车而出，满载而归，不知羡煞多少同龄男子！后来，相貌奇丑的左思效仿，没想到，却被女子们吐唾沫，沮丧而归。

一直在想，那些掷果的女子中，会不会有潘安未来的妻子杨容姬?

　　杨家与潘家乃是世交，杨容姬自小便与潘安相识，青梅竹马，两小无猜，她伴他读书、习字，他为她作画、写诗，二人度过了一段难忘的童年岁月。

　　或许，杨容姬听闻"掷果盈车"的事情，也会心生好奇，忍不住想去一睹潘安的风采。

　　试想一下，瓜果飘香的季节，活泼可爱的杨容姬混在人群中，等候着那辆马车。不一会儿，马车出现在视线里，她望见他一袭白衣，慵懒地坐在马车上，姿态飘逸若仙。这时，几个女子面色娇羞地往前送水果，小声地说道："山有木兮木有枝，心悦君兮君不知。"

　　此景并没有传闻中那么夸张，不过，杨容姬的心还是酸了起来。

　　倘若此时，杨容姬手中恰好拿着一个木瓜，那潘安必会走过去，笑问一句："这是给我的吗?"

　　然后，她双颊泛红，羞涩难语，潘安解下自己的玉佩，递到她手中，"投我以木瓜，报之以琼琚。你的心意，我收下了，可不许反悔！"

　　这样的故事才尽善尽美。

　　金钗之年，杨容姬如愿嫁给了潘安。那场婚礼，断了多少闺中女子的相思梦，翩翩美男子娶了皎月般的佳人，从此，只羡鸳鸯不羡仙。

　　二十多年后，杨容姬早亡离世，潘安的心也随她而去。他写下三首《悼亡诗》，余生不再娶，如此深情，何人能及？那位写下"十年生死两茫茫"的词人，最后还是三妻四妾，深情着，滥情着，这到底算不算爱？

　　潘安将此生所有的爱都给了杨容姬，她在世时，他从不会说出感天动地的情话，他只是以深情相伴，以专一相守。

　　弱水三千只取一瓢，当年，掷果盈车的人，可知他的车为谁而御？或许，他每日御车而行，只为去杨府见她一面而已。

　　投我以木瓜，报之以琼琚。

　　你送我一份情，我还你一世爱。

28. 王风·黍离——黍离之悲

彼黍离离，彼稷之苗。行迈靡靡，中心摇摇。

知我者，谓我心忧；不知我者，谓我何求。悠悠苍天，此何人哉？

彼黍离离，彼稷之穗。行迈靡靡，中心如醉。

知我者，谓我心忧；不知我者，谓我何求。悠悠苍天，此何人哉？

彼黍离离，彼稷之实。行迈靡靡，中心如噎。

知我者，谓我心忧；不知我者，谓我何求。悠悠苍天，此何人哉？

一场烽火戏诸侯的闹剧，结束了西周王朝的繁华。

为躲避犬戎之乱，周平王姬宜臼迁都洛邑，史称东周。诸侯国崛起，周室昔日的辉煌已不复存在，正一步一步走向衰亡。一位周朝老臣路经西周都城镐京，满目疮痍，一道道残破的城墙，一丛丛干枯的荒草，一摊摊暗红的血迹，仿佛在提醒他，这里曾经发生过惨烈的战争，尸横遍野，大雁悲鸣，故国山河如一场幽梦，破碎在尘埃里。

臣子路过宗庙宫室，那里已经长满禾黍，丝毫没有往日的盛景，竟像是陌生的地方。他独自彷徨，不敢前行，又不忍离去，只能提笔写下一首《黍离》，祭奠逝去的盛世。

"彼黍离离，彼稷之苗。"那黍一行行，稷也长出了苗儿。古代六谷指稻、黍、稷、粱、麦、苽，这些是寻常农作物，《本草纲目》提出一种说法，稷为黍类，黏为黍，不黏为稷。

诗人放眼望去，一片清冷的草绿色，两种农作物长满大地，宫殿玉阶隐没其中，置身于此，全然看不见往日的痕迹。不过数年而已，竟物是人非。他缓步走在熟悉的小路上，脚踩着旧日的石板，一时间，百感交集，忧伤的情绪难以平定。

他仰天长叹："知我者，谓我心忧；不知我者，谓我何求。悠悠苍天，此何人哉？"

理解我的人，说我心忧，不理解我的人，问我寻求什么。苍天啊！何人害得我无家可归？

他至今都记得当年的战事，犬戎入侵西周都城，杀周王，掳褒姒，无恶不作，他们带来了杀戮与恐惧，留下了挥之不去的噩梦。如今，侵略者已经离去，统治者却不敢回归。迁都之时，多少人不舍离去，含泪告别这片土地，去往陌生的原野。

"彼黍离离，彼稷之穗。行迈靡靡，中心如醉。"微风吹过一行行黍，稷长出了穗，诗人走在路上，心之伤悲，宛如醉酒。他坐在荒凉的原野上，望着断壁残垣，心中还有一丝希望未曾泯灭：有朝一日，或许，他们还能够迁都回此。

"彼黍离离，彼稷之实。行迈靡靡，中心如噎。"春去秋来，黍、稷已经成熟，金黄的颜色，像是陨落的太阳。诗人走在弯曲的小路上，一颗心好像被什么东西堵塞，痛得难以呼吸。

这里终究不是都城了！那些王侯将相也永远不会回到此处，也许千百年过后，这里的一草一木、一砖一瓦都将被人遗忘。

回想西周初建，何等强盛，何等荣耀，何等自豪！自从大片国土丧失后，周王朝只剩下弹丸之地，方圆六百余里，人口稀少，远不及周围的大诸侯国，周天子名存实亡，行事皆要看诸侯的脸色。悠悠苍天，何人能拯救走向末路的王朝？

诗人遥望苍穹，似乎预感到周王室的结局，用不了多久，天下便会掀起一场动荡，纷乱中，亡国之痛，将再次重演。

夕阳西下，诗人落寞的身影渐渐消失在荒野中，风吹散了枯草，却吹不散诗人的绝望、迷茫……

历史上，多少王朝更迭，多少君主沦为阶下囚，你方唱罢我登场，弱肉强食，权力的斗争不曾结束，黍离之悲从来没有停止，乱世中，没有人可以独善其身。

靖康元年，金兵南下，汴京城破，宋徽宗赵佶、钦宗赵桓及皇族、后宫嫔妃、大臣等三千余人被掳，被押北上。

宋徽宗褪下龙袍，换上布衣，一路上，受尽折磨与凌辱。

《呻吟语》记载："被掠者日以泪洗面，虏酋皆拥妇女，恣酒肉，弄管弦，喜乐无极。"

北上途中，不知多少人不堪受辱，自尽而死。那尘土之上，满是忠烈之士的鲜血，活下来的人，只剩一具没有灵魂的躯体，苟延残喘。

一日，徽宗路经杏花丛林，望见如雪的杏花，不禁想起皇宫中的杏花林，那里杏花应该已经盛开了！若没有这场战争，此时，他应该和家人坐在一起，共赏暮春的杏花。

只可惜，谁也没能逃过战争。一路北上，离汴京越来越远，空气中透着丝丝冷意，每行一步，都觉得分外凄凉。他站在杏花树下，回忆如梦的往昔，轻声吟咏一首《宴山亭》："裁剪冰绡，轻叠数重，淡著胭脂匀注。新样靓妆，艳溢香融，羞杀蕊珠宫女。易得凋零，更多少无情风雨。愁苦！问院落凄凉，几番春暮？凭寄离恨重重，这双燕，何曾会人言语？天遥地远，万水千山，知他故宫何处。怎不思量，除梦里有时曾去。无据，和梦也新来不做。"

先写杏花之美，再写风雨无情，红颜如花易凋零，这凄凉的院落还要经历多少春暮？离人愁，几时休，旧时宫阙今在何处？只在故人的梦中。杏花飘落的季节，徽宗踏上荒无人烟的古道，往北行去。

宋徽宗被押到金国都城后，被金帝封为昏德公，囚禁于韩州，后又被迁到五国城。这样的经历，与南唐李后主倒是颇为相似，文人的身子，皇帝的命，曾经鸳鸯帐中鸳鸯梦，如今孤灯一盏到天明，纵有千般才华，奈何做了帝王。

寒冷的金国，天地始终白茫茫一片，让人迷失在冰雪中。这里的人仿佛也是冰雪的化身，没有感情，狠辣无情。他们折磨着宋徽宗的肉体，也摧残着他的灵魂。

囚禁之时，他曾含泪写下《在北题壁》：

彻夜西风撼破扉，

萧条孤馆一灯微。

家山回首三千里，

目断天南无雁飞。

悔恨、忧愁、痛苦，血与泪尽在这首诗中。遥远的故园，他再也无法回去。恨只恨自己太无能，守不住国，护不了家。听闻，靖康之变后，赵构继承皇位，迁都临安，向金国俯首称臣，年年纳贡，百姓苦不堪言。

大宋江山如同病入膏肓的老者，回天乏术。

宋徽宗被囚禁了整整九年，九年的岁月，度日如年，心早已变得麻木，一举一动，皆如行尸走肉。

终于有一日，他年迈的身躯不堪受辱，溘然长逝。

对于宋徽宗来说，这样的结局也好。

黍离之悲，亡国之恨，或许，只有长眠才能解脱。

29. 王风·扬之水——魂断山河梦

扬之水，不流束薪。彼其之子，不与我戍申。
怀哉怀哉，曷月予还归哉？

扬之水，不流束楚。彼其之子，不与我戍甫。
怀哉怀哉，曷月予还归哉？

扬之水，不流束蒲。彼其之子，不与我戍许。
怀哉怀哉，曷月予还归哉？

陌生的土地上，驻扎着大批周朝守城将士，夜深之时，他们围着火堆，寻求一丝温暖。那火焰微微跳动，令他们想起故乡满山遍野的枫林。那是一种别样的美，艳丽、热情、自由，这抹胭脂红仿佛永远不会枯萎。

可惜，如此美景，最终只能留在记忆里。如今，他们身处异国，守卫他国百姓，一颗报国心早已充满愁怨。

扬之水，不流束薪。彼其之子，不与我戍申。

缓缓流动的河水，冲不走成捆的木柴。远方的人啊，不能与我驻守申国。

扬之水，不流束楚。彼其之子，不与我戍甫。

缓缓流动的河水，冲不走成捆的荆条。远方的人啊，不能与我驻守甫国。

扬之水，不流束蒲。彼其之子，不与我戍许。

缓缓流动的河水，冲不走成捆的蒲柳。远方的人啊，不能与我驻守许国。

木柴、荆条、蒲柳都是常见之物，潺潺的河水流过，它们一动不动，宛如将士们沉重的心。他们宁愿化为一片枯叶，随着河水漂回家乡。

"彼其之子"自然是指妻子，将士思妻，乃是最寻常的情感。《诗经》里关于战争的诗，大都会提到妻子，毕竟，妻子是将陪伴他一生的人。

古代消息闭塞，妻子可曾知道自己的夫君已经远离周国，远赴申国？想来知道之时，已经太晚……

他们为何要去驻守申国？只是因为一个人：申后。

申后乃是周平王的母亲，申后的母国便是申国。春秋时期，申国时常受到楚国侵扰，周平王便派周朝军队驻守申国。天子下令，将士莫敢不从，他们只能身披战甲，远离家乡。这几年，将士们驻守在异国他乡，听不到乡音，望不见故人，越发的心寒。

他们选择成为一名士兵，全凭一腔热血，赤胆忠心，却没想到，事与愿违，到头来，他们竟然要守着别人的领土，护着别国的百姓，实在有违初心。

申后姓姜，甫国、许国的国君，也是姜姓，甫国、许国都算是申后的远方亲戚。将士们虽未去驻守许国、甫国，但若周王室继续懦弱下去，有朝一日，他们必会被遣去这两个国家。

将士发出三句感叹："怀哉怀哉，曷月予还归哉？"

想念啊想念，我何时才能回到故里？

故里，若非思乡情切，谁愿提及这两个字。寂静之时，这些离家的将士聚在一起，除了感叹人生，便是谈论天子家事。

"听闻那申后是申侯最宠爱的女儿，可惜，嫁给先王后，虽地位尊贵，却始终不得宠。"

"先王宠爱褒姒，申后怎能斗得过她。"

"说得有理！先王何其宠爱褒姒，也不知道这个女子用了什么手段，竟让先王废黜申后和太子宜臼，改立她为王后。"

几人三言两语便将两个女人的争斗讲得一清二楚，周幽王的一生起起伏伏，始终离不开申后、褒姒。

《史记》记载，褒姒本是弃婴，生性不爱笑，周幽王为了讨好她，命人点燃烽火，召集各诸侯国的援兵，诸侯赶到后，并未发现敌人，褒姒瞧见诸侯满脸困惑的样子，顿时大笑。

这段故事未免太戏剧化，历史都是胜利者写的，刻意隐瞒了一些不为人知的真相。即便周幽王再昏庸无能，也不会愚蠢到为了一个女子的笑容而得罪天下忠臣。

褒国的末代君主褒珦，因耿直谏言，惹怒了周幽王，被周幽王囚禁，为救褒珦，褒国献上美人褒姒，以赎国君之罪。一个女子，背后是一个国家，她是褒国安放在周王室的一枚棋子，她自然要为母国去争去抢，唯有得到周幽王的宠爱，褒国才能永享太平。

后来，褒姒真的做到了。集万千宠爱于一身，入宫后不久，便生子伯服，子凭母贵，周幽王废申后，废太子，改立伯服为太子。

从始至终，都是两个女人的战争，最后，褒姒胜了，申后败了。褒姒胜了，就意味着褒国胜了。申后与姬宜臼不甘接受这种结果，为了反败为胜，他们只能求助于申国。

申国势力弱小，无法与周王室抗衡，于是，申侯联合缯国、犬戎进攻周朝国都镐京，这一战，双方都做好了生死一搏的准备。然而，连年遭受天灾的周朝气数已尽，兵力不敌，周幽王、伯服死于骊山之下。

申侯、鲁侯、许文公等拥护姬宜臼为太子，当这些人享受着权力带来的快乐时，却不知犬戎正在大肆屠杀百姓，抢掠财物。与犬戎联合，是他们最大的错误。那些人全无诚信可言，攻克周朝后，不肯退兵，姬宜臼登上王位后，不得不迁都洛邑，躲避犬戎之乱。

那一年，西周灭亡，东周建立，礼制崩坏，为保百姓平安，堂堂周天子要在大诸侯面前摇尾乞怜。内外交困的周室只能与申国、甫国、许国这样的小诸侯国抱团取暖，周王派兵驻守申国，也是一种自保的举措。

至于申后，她如愿以偿地成为王太后，作为人生赢家，她自然不会放过曾经的敌人褒姒。听闻那个女人被犬戎掳去，想来定是生不如死，即便如此，也难解申后心头之恨。申后少不得编几句谣言，给褒姒留下一个"红颜祸水"的罪名，让其遗臭万年。

或许，烽火戏诸侯本就是杜撰出来的故事，男人守不住天下，就将罪责扣到女子身上，这也是常有的事情。

周朝将士不是愚人，姬宜臼勾结申侯诛杀周幽王，臣杀君，子弑父，乃是十恶不赦的大罪。若周幽王不死，反叛者必将受到严惩。

"怀哉怀哉，曷月予还归哉？"你且听听周朝将士们的怨声，便知道他们对申后的恨。周室早已不是当年的周室，周平王姬宜臼处处忍让，甚至将自己的儿子姬狐送去郑国作质子，为了维护仅剩的国土，他愿意舍弃一切。

许多事情，将士们心知肚明，他们不说不做，不代表他们逆来顺受。为了不值得的人，他们戍守异国疆土，长年不得归家，心中积怨已久。这首《扬之水》，不仅仅是对故园的思念，更是对故国的思念。

在百姓心中，西周灭亡之时，周朝就已不复存在。一直以来，只有姬宜臼想继续将盛世美梦做下去……

梦中人啊！山河破碎，今非昔比，为何还不醒来？

30. 王风·大车——昔年相望抵天涯

大车槛槛，毳衣如菼。岂不尔思？畏子不敢。

大车哼哼，毳衣如璊。岂不尔思？畏子不奔。

穀则异室，死则同穴。谓予不信，有如皎日。

她的故事从都城街头开始，从他开始。

那日，她望见一行身着华服的人乘车而过，孩子们争先恐后地张望，她娇小的身躯淹没在人群中，只能隐约望见那抹玄色的身影。她知道那人是贵族。

为了与他相见，她总会在同一个时辰坐在巷口，静静地等候，期盼他的目光可以为她停留。

"别白日做梦了！"邻居们都这样劝她。

穷人家的女子本不该奢求什么，她不过是一介草民，到了适婚年龄，便要身披红妆嫁作他人妇。他有锦绣前程，她有柴米油盐，二人不会有任何牵扯。她认清了现实，终于准备放弃。转身之时，竟又看到了那个男子，意气风发，既有贵族的优雅气质，又有青年的潇洒不羁。女子站在他面前，渺小得好似一粒浮尘。

"大车槛槛，毳衣如菼。"彼时，男子乘车而来，车轮发出沉重的响声，他青色毳衣如初生的芦苇，一步步走向她，轻声道："岂不尔思？畏子不敢。"

美丽的姑娘啊！我岂能不思念你？我只是害怕你不敢与我相恋。

无数次的擦肩而过，他早就注意到她，随风摇曳的白衣素裙，海棠簪鬓，如此天真无邪。

只是二人的身份有着天壤之别，门不当户不对，他不敢贸然打扰她的生活，害怕她会拒绝自己。男子的爱何其小心翼翼，他尝试着慢慢走进女子的心，给予她勇气，让她敢于接受自己。

几日后，男子又来了，车子发出"哼哼"的声音，他的毳衣如火红的美玉，车马着装，无可挑剔，堪称完美。男子越是光鲜亮丽，女子越是自卑绝望，终究是两个不同世界的人。一个寒门之女，一个朱门之子，咫尺天涯，他们之间隔着一道难以逾越的沟壑。

男子似乎看到了女子眼中的悲伤，他提出一个大胆的想法：私奔。

他愿放弃锦衣玉食的生活，不知她愿不愿意抛弃父母亲人？天下之大，总有他们的安身之处，他们可以去偏僻的乡野，隐姓埋名，度过余生的岁月。

关于私奔之事，最终的决定权还是在女子手中。若女子不愿，男子便只能作罢。

私奔，若成功，便是千古佳话，若失败，便是遍体鳞伤。对于女子来说，这是决定命运的时刻，必须要谨慎思考。

她听过太多痴情女子负心汉的故事，生怕选错了道路，到头来，镜花水月一场空。

男子清楚她的顾虑，于是，对天发誓：榖则异室，死则同穴。谓予不信，有如皦日。

生若不能一室，死也要合葬一个墓穴。若你不信我，便让太阳来做证。

古人发誓是谨慎庄重的行为，一般是对神明、上天、祖宗发誓，发誓是为了证明自己心思真诚。古代的人迷信鬼神，从不轻易发誓，当诗中男子开口发誓时，故事的结局便已揭开，女子一定会跟随男子远走高飞。

私奔，简直是一场华丽的冒险。

那一年，红拂女初遇书生李靖，那时，李靖还是一个毛头小伙子。她是隋朝权臣杨素的侍妓，本名张出尘，因时常手执红拂站在杨素身边，便被人称为红拂女。

红，是属于她的颜色，正如她火热的心。

她是热爱自由的女子，那杨府的高墙朱门困不住她向往美好的心。其实，她一直都在等待逃离的机会，只是，该来的人未来，时机尚不成熟。

直到那日，李靖出现在杨素面前，所有人都在巴结奉承，唯有李靖不卑不亢，一番慷慨言辞，震惊四座，就连骄横傲慢的杨素也露出敬佩之色，与李靖相谈甚欢。

红拂女在一旁静静地听着，目光再难从他身上移开。那公子从容不迫，优雅的谈吐中多了一丝率真，在这乱世中，他是真正能分清黑白之人。杨府的宾客络绎不绝，她也算是阅人无数，却从未见过这般风华之人。

当夜，红拂女便打探到了李靖的住处，一袭紫衣来到李靖面前。

任何人都会有冲动的念头，只不过，有些人将冲动压抑下去，有些人却将冲动释放开来。

她说："妾，杨家之红拂妓也。"

她说："丝萝非独生，愿托乔木，故来奔耳。"

她句句真诚，坦白了自己的身份，说清了自己的心意。她就像是烈火中燃烧的玫瑰，等待着一人不惧危险，将她摘取。

年轻的书生，到底有没有勇气带着她离去？

李靖的回答是肯定的。

杨府初遇，他何尝不钟情于这个女子！只是家境贫寒，生怕误了女子的终身。如今，她身为女子，都愿冒险，他又怎能退缩？

为了躲避杨素的搜查，红拂女身着男装，跟随李靖离开。

他们一路去往太原，辅佐李世民讨伐隋王朝，开启了不平凡的一生。建功立业，封妻荫子，红拂女果然没有看错李靖，他真的成了唐朝的开国功臣。

贞观十四年，红拂女病逝，李靖哀痛欲绝，剩下的岁月，他远离纷争，独自守着旧时的庭院，活在回忆中，从此以后，所见皆是过往，所闻皆是悲伤。

林黛玉写下《五美吟·红拂》：长揖雄谈态自殊，美人巨眼识穷途。尸居余气杨公幕，岂得羁縻女丈夫？

她自谓："曾见古史中有才色的女子，终身遭际令人可欣、可羡、可悲、可叹者甚多。"

当她写下这首诗时，应是羡慕红拂的，或许，她也想过逃离。

只是，宝玉未曾说一句："毂则异室，死则同穴。谓予不信，有如皎日。"

可叹世道艰难，谁来成全痴情女子痴情郎？

31. 郑风·丰——君当作磐石

子之丰兮，俟我乎巷兮，悔予不送兮。

子之昌兮，俟我乎堂兮，悔予不将兮。

衣锦褧衣，裳锦褧裳。叔兮伯兮，驾予与行。

裳锦褧裳，衣锦褧衣。叔兮伯兮，驾予与归。

她永远也忘不了成亲的那一日。

门窗上贴着火红的喜字，外面响起鞭炮声、钟鼓声。她拿起檀木梳子，缓缓划过如墨的青丝，一梳白头偕老，二梳举案齐眉，三梳儿孙满堂，今日之后，她便是心爱之人的妻，这是她期盼已久的事情。

此时，爱人在何处？是不是已经驾车到门前？

她身披嫁衣，头戴金钗，双颊泛着桃花般的红晕，正要走出家门，却忽然被父母拦住。

不知为何，父母临时改变主意，不许她嫁给那个男子。

一场繁华梦，梦，终究是碎了。

多年以后，她依旧孤单一人，回想起那日的情景，不禁轻轻地唱着《丰》。

你的容貌如此标致，站在巷口等待着我去成亲。我真后悔没有从行。

你的体魄如此健壮，站在堂上等待着我去成亲。我真后悔没有同行。

那日，她虽然没有见到他，但她听闻，他等了她许久，等到宾客散尽，等到心灰意冷。从日出等到日落，终是没能等来她的身影。男子的心有多痛，女子的心便有多悔！对于二人来说，这桩婚事都在彼此心中留下了难以愈合的创伤。

她说："悔予不送兮。"

她说："悔予不将兮。"

字字悔恨，后悔自己屈从父母，没能随他而去。对于男女二人都是：如果上天再给她（他）一次机会，一定会做出不同的选择，绝不会让爱情留下遗憾。

女子早已许下"非君不嫁"的誓言，自从离别后，便一直在等他。

每当看见邻家姑娘出嫁，她便会幻想，自己身着锦衣披风，男子驾车来迎娶她，之子于归，宜其室家。

"衣锦褧衣，裳锦褧裳。叔兮伯兮，驾予与行。"这是她的心愿，亦是她的坚持。

女子的父母一直反对这桩婚事，到底是何原因？是家世？是金钱？还是人品？诗文并没有给出答案。不过，从女子的期盼中，依旧能感受到她对男子的深情。

婚姻，有时候很简单，简单到只是男女双方的事情，有时候又很复杂，复杂到关乎两个家庭的结合。古时候，婚姻一旦爆发矛盾，青年男女通常只有两个选择，要么顺从，要么私奔。当然，还有一些烈性的男女，选择双双殉情。

孔雀东南飞，五里一徘徊，是谁制造了刘兰芝和焦仲卿的爱情悲剧？为爱而生，为爱而亡，他们的一生都在追逐爱情。

十七岁那年，她嫁给焦仲卿为妻。焦仲卿乃是小官吏，公务繁忙，与她聚少离多。很多时候，刘兰芝都是独守空房，任劳任怨。本就如此可怜，偏偏还遇到一位挑三拣四的恶婆婆，指责她不懂规矩，不讲礼节。

焦仲卿不忍刘兰芝受委屈，便和母亲争论了几句，谁知焦母竟怂恿焦仲卿休妻另娶。焦仲卿自是不肯答应，顶撞道："假如休了兰芝，我此生绝不再娶妻。"

这句话如一根导火索，彻底激怒了焦母。母亲棒打鸳鸯，逼着儿子休妻，儿子被迫答应。

焦仲卿只是安排刘兰芝回娘家暂住，过些时日，还会接她回家。

刘兰芝信了他的话，她道："君当作磐石，妾当作蒲苇，蒲苇纫如丝，磐石无转移。"

对于爱情，她有至死不渝的信念与决心。不过，没过多久，她所有的坚持与守护都被娘家人摧毁。

回家之后，娘家人自然要盘问一番，为何回来？做错了什么？

她该如何回答？她什么也没有做错啊！一直以来，她努力做一个贤惠的妻子，哪怕不能与夫君时时相见，哪怕日夜辛苦操劳，她都不曾抱怨过一句。

街头巷尾，少不得风言风语，她以为躲在家中，不闻不问，便可得到一丝平静。可惜，事事难如愿，县令家的公子、太守家的儿子得知她被休弃后，都请了媒人去提亲。

想来，刘兰芝定是芳名远扬的女子，赢得不少世家公子的倾慕。妾如蒲苇，命运从来由不得自己。在兄长逼迫下，她只能答应嫁给太守之子。

这注定是一场盛大的婚礼，诗中这样描写："青雀白鹄舫，四角龙子幡。婀娜随风转，金车玉作轮。踯躅青骢马，流苏金镂鞍。赍钱三百万，皆用青丝穿。杂彩三百匹，交广市鲑珍。从人四五百，郁郁登郡门。"

这是女子梦寐以求的婚礼，邻居们投来羡慕的目光，能嫁给这般富贵之人，简直是前世修来的福气，还有什么不满足？

没有爱情的婚姻，又为何要满足？当人们都在筹办婚事之时，唯独刘兰芝静坐在屋内，迟迟不肯做嫁衣。回想往事，平淡的生活中浸满了喜怒哀乐，她对焦仲卿的爱从未消减。

如果未来不能让自己如意，那么，又为何要等待未来？成亲那日，她独自走向清水池，纵身一跳，任凭冰冷的水将自己的身体淹没，永别了，这悲伤又无力的人生。焦仲卿听闻此事后，不愿独活，走向庭院的大树，自挂东南枝。

二人谁也没有背叛爱情，可苍天依旧没有成全他们。历朝历代，似乎都会发生这样的故事，一句父母之命，绑架了多少爱情。难以想象，几千年来，到底多少有情人难成眷属。

《聊斋志异》中还有一个类似的故事，不过，结局却大不相同。

一位叫大成的男子娶了贤妻，名为珊瑚。珊瑚勤俭持家，无人能挑出错处。谁知遇到了鸡蛋里挑骨头的婆婆沈氏，儿媳梳妆打扮，便叱骂她放浪、引诱，儿媳卸下胭脂水粉，更加愤怒，又哭又闹。大成素来孝顺，最后，只能写下一纸休书，把珊瑚送回娘家。后来，沈氏又为大成的弟弟二成谋划一门婚事，新妇名为臧姑，此女凶神恶煞，沈氏稍有怒气，臧姑立刻怒骂回去，二成性子软弱，全家人都不敢得罪这位悍妇。后来，臧姑变本加厉，对沈氏呼来喝去，把沈氏当奴婢一样对待。这时候，沈氏终于想起珊瑚的善良，顿时懊悔不已，含泪迎珊瑚回家。

三百年前，蒲松龄先生写下这样的结局，大抵是为了警告天下的长辈，为人当和善，不生事，便不会出事。婚姻不该是爱情的坟墓，婚姻与爱情一样，应是两个人的事情，旁人无权干涉，哪怕至亲之人，都不应插手。

爱情之路，须得两个人携手走过，道路偶尔坎坷，若能迈过，便得长安。

32. 郑风·风雨——人间皆值得

风雨凄凄，鸡鸣喈喈。既见君子，云胡不夷。

风雨潇潇，鸡鸣胶胶。既见君子，云胡不瘳。

风雨如晦，鸡鸣不已。既见君子，云胡不喜。

秋风无情，秋雨无声，光阴飞逝，转眼间，便已沧海桑田。

窗外细雨绵绵，静静地落在芭蕉叶上，一滴一滴，小心翼翼，像是怕惊醒了佳人的梦。

屋内灯光明亮，伊人终究还是醒了，温一壶酒，煮一盏茶，望着庭前落花，等着那位风雨中的归人。

落雨的日子，总会有忧郁、想念、沉静。

风雨凄凄，风雨潇潇，风雨如晦，天空不见一丝光亮。院子里的鸡鸣声不断，惹人心中烦忧。没有君子相伴的日子，她的世界充满阴霾。

《人间词话》中云："风雨如晦，鸡鸣不已。""山峻高以蔽日兮，下幽晦以多雨。霰雪纷其无垠兮，云霏霏而承宇。""树树皆秋色，山山唯落晖。""可堪孤馆闭春寒，杜鹃声里斜阳暮。"气象皆相似。

这四句的相似之处在于气象，更在于情。那是一种孤寂的情感，仿佛深秋的雨水滴在心头，霎时间，冷却流年。

直到他的出现，她才笑逐颜开。

他从风雨中走来，纤尘不染，她心里的愁绪顷刻消散。

她说：既见君子，云胡不夷。既见君子，云胡不瘳。既见君子，云胡不喜。

风雨之中，见到君子，心中怎能不平静，心病怎能不痊愈，心里怎能不欢喜。

既见君子，千般滋味，万般感动，所有的等待、苦难都值得。

程英在纸上一遍又一遍地写下这八个字：既见君子，云胡不喜。

既见君子，最怕，最怕君子心中无你。

杨过应是知晓她的心事，只是没有给她答复，他的心中已经有了小龙女，怎能容下第二个女子。他又不忍伤她，于是，他将纸片扔到火中，装作毫不知情的样子。

后来，江湖风风雨雨，程英尽可能陪伴在杨过身边，直到他找到了那位姑姑。她知道杨过的温情、包容、守护皆出于侠义，然而，她还是迷失在了相思局中，越陷越深。

程英此生最欢喜的事情便是遇到杨过，最伤心的事情还是遇到杨过，遇见他时，心已然乱了。她的爱含蓄低调，埋藏在内心深处，从始至终，都没有说出那个字。

杨过不辞而别时，她这样安慰陆无双："你瞧这些白云聚了又散，散了又聚，人生离合，亦复如斯。你又何必烦恼？"

她的语气如此云淡风轻，可眼眶终是红了，泪水缓缓流下。相思之泪，到底有多苦涩？人生聚散离合，她能看透人世沧桑，却看不透与他的离别。

冷夜寂寥，还是忍不住想起他。

既见君子，云胡不喜。这种感觉并不仅仅局限于男女之情，知己亦有此情。

有没有那一年，远走他乡，只为寻一位知音。

有没有那一季，策马天涯，只为续一个约定。

有没有那一日，独守空城，只为等一场相遇。

唐代诗人刘长卿曾写下一首《碧涧别墅喜皇甫侍御相访》：

荒村带返照，落叶乱纷纷。

古路无行客，寒山独见君。

野桥经雨断，涧水向田分。

不为怜同病，何人到白云。

此诗只为一人而写。

芳草萋萋，荒村落叶纷纷。春时，孤身赏花，诗赋空许；夏时，曲径通幽，不见鸿儒；秋时，把酒对月，踟蹰难行；冬时，踏雪寻梅，独钓寒雪。隐士，注定要承受孤独。

冷夜寒风，他被遗忘在山野古路，明月不改，江山未变，只是故人却远在长安。远在千里之外的友人过得可好？虽隐于山水之间，可心中放不下太多，躲不过的世态炎凉，断不了的红尘旧梦，只有归隐后，才醒悟心里牵挂太多。

然而，官场险恶，他已不愿回到朝堂趋炎附势，宁愿永生归隐在深山中。可这世间又哪里会有真正的归去？人皆有情，有情便有牵挂。他已不似当年意气风发，如今自己身处贬谪没有归宿之地，还有谁愿意结交这样的刘长卿？

当柴扉轻叩，熟悉的身影出现在小径上，他才知原来自己并非孤身一人，高山流水遇知己。皇甫曾，他还是来了。越过千山万水，来到长卿面前。相见，如此简单，回眸的一刹那，便望见熟悉的目光。

既见君子，云胡不喜。那人是当之无愧的君子。

他们互相望着彼此，相视而笑，只愿此刻化为永恒。

许久未见，他们都已年迈，再不似年少时潇洒不羁，唯一不曾改变的是当初那份情谊。

那夜，他们促膝长谈，聊起往事，恍如隔世。纵然世间太多难平事，他们亦能交心畅谈。锦上添花何其多，雪中送炭能几人？当一切尘埃落定，普天之下又有几人知君心。

刘长卿经历了贬谪、离乡，最终不得不隐世度日。他也曾眷恋美好繁华、杯影交错的生活，然而长安虽大，却容不下长卿一人。本以为此生再也不会见到好友，却没想到皇甫曾竟不远千里寻他而来。人生得一知己，足矣。

酒过三巡，皇甫曾也挥笔写下了《过刘员外长卿别墅》："谢客开山后，郊扉积水通。江湖千里别，衰老一尊同。返照寒川满，平田暮雪空。沧洲自有趣，不便哭途穷。"他宽慰好友哪怕是荒野之地，亦有乐趣。

两人相识只需一瞬间，可相知却需要数十年。若没有这些年的情谊，他们又怎会知晓彼此的心意。长卿甘愿留在此处，并非不愿出仕，而是不肯阿谀奉承。大唐已不是繁华盛世，与其回到长安，倒不如清贫一生。此处，鸟鸣山幽，青山碧水，隐居于此不失为一种享受。

皇甫曾离去后，山林中又剩下刘长卿一人，但他内心却不会再忧伤！千里之夕，有一个人与他共赏一轮明月，岁月漫长，一起走向归途。

人生在世，诸多不如意事，但因有知己，便不再孤独。哪怕关山相隔，心意不改，便是初心不负。

总有那么一个人，即使你被世人遗忘，他也会不离不弃，寻遍天下，只为与你同醉江湖。

总有那么一个人，会懂得你的一切。

33. 郑风·子衿——子宁不归

青青子衿，悠悠我心。纵我不往，子宁不嗣音？
青青子佩，悠悠我思。纵我不往，子宁不来？
挑兮达兮，在城阙兮。一日不见，如三月兮！

破晓之时，一位身着月白色衣衫的女子走出家门，沿着熟悉的道路，登上城楼。

古老的城楼上，留下了多少女子的足迹。她伫立于此，望着远山飞雪，秋水碧波，心中涌起无尽的苍凉。

这是一个充满希望的日子，亦是一个浸着悲伤的日子。

她等的人，还未出现。

"青青子衿，悠悠我心。"这一句，像极了爱情。

犹记得初见之时，青色衣领，青色佩带，他青色的身影在寂静的山水间淡泊着、温柔着。君子如竹，有高雅的情趣，有洒脱的心性，有悠然的禅意。自从相遇，她只愿化身为竹简，静静地躺在他的手心。

后来，二人相恋了，花前月下，耳鬓厮磨。

二人约定在城楼相会，她望着，盼着，努力寻找爱人的身影，可他却迟迟不来。男子因何失约？是被琐事牵绊？还是他根本不在意这场约定？

女子忍不住开始埋怨："纵然我不曾去看你，难道你就不能给我传个信？纵然我不曾去看你，难道你就不能来找我吗？"

如果这场爱情注定没有结果，那么最后受伤的人一定是女子，她用情实在太深。

女子独自徘徊、张望，已是望穿秋水。

"一日不见，如三月兮！"大概只有相思之入骨，才能体会这种感情。

等着等着，终是等不到他。

因为他失约，所有的等待都失去了意义。

青青子衿，悠悠我心，谁知心有多伤？女子对着夕阳，沉沉地叹一口气，失落地离去了……

《诗经》里有太多关于等待的故事，等待亲人，等待爱人，漫长的等待真的有意义吗？

小时候喜欢听戏，尤其是《红鬃烈马》，羡慕薛平贵与王宝钏的爱情，长大后才知，原来王宝钏是戏中最可怜的女子。

相府千金王宝钏抛绣球，王孙公子千千万，彩球单打薛平贵。王宝钏执意嫁给薛郎，相爷一气之下与女儿断绝父女关系。夫妻二人住进了旧窑洞，过着清贫的日子。后来，薛郎从军，王宝钏苦守寒窑。风风雨雨十八年，终于等到了战功赫赫的薛郎归。将军归来，身旁站着一位气质高贵的代战公主，她的薛郎已成别人的驸马。

王宝钏走出寒窑，入了薛府，与代战公主不分大小，同为薛平贵的妻。她真的快乐吗？十八年，她到底在等什么？等一个变了心的男人吗？这个故事搬上戏台，唱了一年又一年，听戏的人可知戏中人的苦？那故事的结局，到底该笑，还是该叹？

有些女子不愿等待，便勇敢地迈出脚步，去寻找远走的人，百里奚之妻杜氏便是如此。

自分别后，几十年杳无音信，杜氏苦苦地等待，未曾等来一封家书。

那年，恰逢旱灾，杜氏携子离乡，千里寻夫，以乞讨为生，一路来到秦国，几经打听，才知夫君早已贵为一国之相，荣华富贵，应有尽有。

杜氏先是一喜，喜的是夫君功成名就，后又一悲，悲的是怨恨夫君迟迟不寻她。

为了接近夫君，杜氏成为相府的浣衣女，宴席上，杜氏请求献曲，苍老的手指拨弄琴弦，悲切地唱着："百里奚，五羊皮。忆别时，烹伏雌，炊扊扅，今日富贵忘我为。百里奚，初娶我时五羊皮。临别当时烹乳鸡，今适富贵忘我为。百里奚，百里奚，母已死，葬南溪。坟已瓦，覆以柴，舂黄黎，搤伏鸡。西入秦，五羖皮，今日富贵捐我为。"

曲尽，百里奚才认出妻子，顿时，抱头痛哭，堂上之人，无不落泪。

相堂听琴，到底有几分真情？若杜氏不曾寻他，他会不会一辈子不寻贫贱妻？一曲琴歌，她一直在强调："今日富贵忘了我。"

等待与追寻的意义到底是什么？君不知，一句"我等你"，何等沉重！一日不见如三秋，一年不见如三世，再相见时，我们已经不似当年，变了容颜，动了心弦，换了人间。

愿《子衿》中的女子永远不要等来她的爱人，真正疼惜她的人，绝不会让她等待。

繁华落尽，有人站在城楼之上，一句又一句地吟诵："青青子衿，悠悠我心。"

你可知，那人流了多少泪……

34. 郑风·溱洧——相见欢

溱与洧，方涣涣兮。

士与女，方秉蕳兮。

女曰观乎？士曰既且。且往观乎？

洧之外，洵訏且乐。

维士与女，伊其相谑，赠之以勺药。

溱与洧，浏其清矣。

士与女，殷其盈矣。

女曰观乎？士曰既且。且往观乎？

洧之外，洵訏且乐。

维士与女，伊其将谑，赠之以勺药。

谁家姑娘，盛装缓步，踏歌而行。

谁家少年，白衣飘扬，曲水流觞。

初春时节，溱水、洧水缓缓流向远方。男男女女手拿蕳草，往城外游玩。人山人海，要找到一见倾心之人，绝不是件简单的事情。

偶然间，女子结识了男子。

女子说："可愿同我去看看？"

男子答："我已去过一趟，不过，为了陪你，再去一趟又何妨！"

于是，相约结伴而行，一路嬉戏玩闹，说说笑笑，最后，摘来一朵火红的芍药花赠佳人。

三月三，上巳节，这是多少才子佳人期盼的节日，春光明媚，杨柳飘絮，他们身着鲜艳的衣衫，拿着一枝香草，去河边寻找命中注定的伴侣。

《宋书》引用西汉古籍《韩诗》说："郑国之俗，三月上巳，之溱、洧两水之上，招魂续魄，秉兰草，拂不祥。"先秦时代，人们通过沐浴洗濯污垢，祭祀祖先，祈求平安幸福，又叫作祓禊、修禊、禊祭，或者单称禊。这一日，年轻男女都会趁着祓除时，踏青游玩，相爱相恋。

若细细品读《溱洧》，就会发现这首诗像极了一颗酒心糖，甜得让人牙疼，香得让人心醉，句句都是宠爱，字字都是浓情。

人海茫茫，难得相遇。

"女曰观乎？士曰既且，且往观乎？"

她说：想去。他说：愿往。

虽是初见，可男子却对她极为爱护，愿意陪她去往任何地方，哪怕他曾经去过，也要陪她再走一遍。

人生若只如初见，百年深情也抵不过初见时的美好。

《溱洧》写的是人间最平凡的爱，男子女子皆为寻常百姓，相识于上巳节，一蕳草，一芍药，便定下了情缘。王侯将相的爱情故事大都出现在戏本上，真正民间百姓的爱情是极为简单、淳朴的。

清朝有位女诗人，名唤林颀。锦瑟华年，林颀爱上了一个素未谋面的人——张问陶，自从这个名字出现在她的生命中，她的心弦没有一刻不为之叩响，一段佳话便这般传开……

她仅仅在书上见过这个名字，品读着他的诗词，想象他的音容笑貌。邂逅张问陶时，没有风花雪月，有的只是一见如故的哀伤。

那日，天未亮，她便端坐在铜镜前梳妆画眉，斟酌着该穿哪件纱裙去见仰慕已久的才子。

"咄嗟少年子，如彼玉在璞。光气未腾天，魍魉抱之哭。"她又情不自禁地吟诵起他写的诗句，壮志凌云，气概定是非同常人。

听闻他与兄长来此乡试，林颀便随父亲一同拜访，可万万没有料到他们下榻之处竟是那般简陋，而张问陶更是身着破旧的麻衣相见。

他拱手相迎，谦和有礼，双目却不见丝毫神采。林颀痴痴地看着眼前这个男子，思绪万千，他和传闻中的太不一样，言行举止虽不失文人风范，但终究少了些绝代风华。这不是她的张问陶，她心中的张问陶应当朗声笑谈千古事，不畏风雨，不惧世俗！

初见并不似想象中美好，她静静地听着他与父亲对话，一番言谈过后，才知他的妻子过世，女儿早夭，如今仅求衣服亦无缘。君子如玉，温文尔雅，为何要受这般磨难？回到家后，她辗转难眠，总会想起那道落寞的身影，心中犹如被千丝万缕缠绕，剪不断，理还乱。从未如此想念着一个人，那时的她才知何为相思、何为情。

　　林颀不顾宗族反对，执意要嫁张问陶，父母不允，她便在烈日下长跪不起。那是她一生中难得的任性，坚持了不知多少日夜，父亲终于应下这桩婚事。

　　她知自己不过是张问陶的续弦，张家虽下了聘礼，可林颀依旧不知他对自己是何心意。红妆花嫁时，绣着鸳鸯的盖头缓缓揭开，她怯生生地唤道："夫君。"

　　张问陶小心翼翼地握着她的手，满眼爱惜，诉说着情愫。一切相逢都是命中注定，那日的初见便是上天对他最好的馈赠。眼前这个清秀的女子本为千金之躯，竟甘愿与自己长居寒窑，他岂能负她。

　　虽没有上好的纸墨，可他们依旧可以吟诗作画、泛舟游湖。他曾多次称赞妻子："我有画眉妻，天与生花笔。临稿广寒宫，一枝写馨逸。"

并非林颀的才华高于张问陶，而是他喜爱这般赞美妻子，能够娶到如此才貌双全的佳人，是自己的福分，他更是惜福之人。

寒冬腊月，院子中红梅盛开，她身披斗篷走到树下，踮着脚折下一枝梅花，张问陶远远望着妻子的身影，仿若戏文中误入凡尘的仙子。

他即刻展开宣纸，为林颀绘丹青。他也曾作画无数，可唯有为妻子画像时会紧张不安，他担忧描绘不出她的神韵，怕拙作惹得佳人不悦。

画完后，他放下笔，对丹青并不甚满意，叹道："得其神似而已。"

林颀走上前，看到画像，芳心缱绻，这哪里是神似，简直如自己走进了画中。她提笔在纸上题诗说："爱君笔底有烟霞，自拔金钗付酒家。修到人间才子妇，不辞清瘦似梅花。"

张问陶又和曰："妻梅许我癖烟霞，仿佛孤山处士家。画意诗情两清绝，夜窗同梦笔生花。"

后来，那幅画被张问陶挂在书房中，直到很多年以后，再次看见画像时，那日的情景都还如在眼前。林颀除了是他的结发妻子，更是将他从落寞中拯救出来的恩人。若没有她，便不会有今日的朝廷重臣张问陶。爱，原本就很平凡，无须轰轰烈烈地追求，只需安安稳稳地等待，岁月便已静好。人生漫漫路，若身边有爱人相伴，纵然苦难也是甜。

史书文献记载不了太多的爱情故事，像林颀与张问陶这样的小人物，只能留下只字片语。不过，这已经足够了！至少，我们可以知道并非只有李清照和赵明诚才能赌书泼茶，寻常人家的夫妻亦能做到。

　　经历过一场天崩地裂的爱情之后，我们终将归于平淡，只是心底还是忍不住一遍遍回忆那人的深情。虽无法穿越到千年前，去一睹上巳佳节的盛景，但读过一首《溱洧》，已然开始盼望邂逅、期待爱情。

　　三月三，上巳节，愿你也会遇到心上之人，白头偕老。

35. 齐风·猗嗟——英雄侠义梦不断

猗嗟昌兮，颀而长兮。抑若扬兮，美目扬兮。
巧趋跄兮，射则臧兮。

猗嗟名兮，美目清兮。仪既成兮，终日射侯，
不出正兮，展我甥兮。

猗嗟娈兮，清扬婉兮。舞则选兮，射则贯兮。
四矢反兮，以御乱兮。

冷月倾泻在少年的身上，他静坐在营帐中，拿起手帕，慢慢地擦拭着弓箭，陷入漫长的回忆之中。

那年，舅父郑重地递给他一把弓，他知道，自己接下的不只是一件武器，而是保家卫国的重担。从此，一弓一箭，陪伴他多年，无数次出生入死，它们早已成为他生命中的一部分，无法割舍。

后来，有人为少年写下一首《猗嗟》，赞少年风姿，扬英雄气概。

先赞他的体型，"猗嗟昌兮，颀而长兮。"身材高大雄壮，是一位健硕的少年。他的外貌是"美目扬兮""美目清兮""清扬婉兮"，眉清目秀，目光清澈明亮。重在描写他的"美目"，作为优秀的射手，必须拥有一双锐利的眼睛。

　　塞上人烟稀少，少有人见过射手的真面目，即便遇见，也难以相信那位优秀的射手竟是年轻的美少年。他总是孤身一人，行走在烈风中，英姿矫健，双目炯炯，眉宇间透着一股坚韧。

　　想来这位少年也曾是锦衣玉食的贵族公子，为了习箭，舍去无忧的童年，跟随家人来到苦寒之地，将自己磨炼成一把锋利的兵刃。

　　"巧趋跄兮，射则臧兮。"他走路步履如飞，又快又稳，拉弓射箭更是精湛。冰冻三尺非一日之寒。少年之所以拥有高超的射技，全是因为"终日射侯"，日日夜夜，刻苦练习箭技，不敢懈怠。

　　"射"是中国古代六艺之一，《论语》中言："君子无所争，必也射乎，揖让而升，下而饮，其争也君子。"孔子认为，"射"不仅是杀敌的技能，也是修身养性的运动。《周礼·地官·保氏》中记载："五射，曰白矢，曰参连，曰剡註，曰襄尺，曰井仪。"射礼有五种箭法：白矢，是指箭穿过靶子，露出箭头；参连，前放一矢，后三矢连续而去，矢矢相衔如连珠；剡註，矢发之疾；襄尺，臣与君射箭，两人并立，让看一尺而退；井仪，四矢连贯，皆射中靶心。诗中"射则贯兮""四矢反兮"，便是说少年箭无虚发，箭穿靶心，四箭皆中。

　　少年之志便是"以御乱兮"，这些年，所有的努力汗水，都是为了这一日，身披战甲，手持弯弓，上阵杀敌，成为一代英豪。

　　诗人忍不住赞叹一句："展我甥兮。"

不愧是我的好外甥！

作诗之人应该是少年的亲人，且时时刻刻陪伴在少年身边，目睹他的坚持，见证他的成长。

提到射箭的少年，总会想起少年时的郭靖，茫茫大漠之上，万里黄沙卷动着心头的思念。往日缱绻都化作了一抔尘土，那个憨憨傻傻的小男孩遇见了江南七怪、华筝、托雷……

那些年，青杏尚小，策马驰骋，他从豹子的利爪下救下华筝的性命，一箭双雕，成了任何人都无法取代的金刀驸马。

华筝是爱郭靖的，爱他的笨拙、爱他的真诚，在得知大汗为他们赐婚的时候，她无法掩饰心中的喜悦。后来，她整日都陪在他身边，他不善言谈，她便说些草原上的趣事给他听，说累了，两个人便躺在草原上看月亮，听风声。她想要的仅仅是这些，安静而又自由的日子。

她希望时间永远停在这一刻，他们天地为伴，再无其他。可幸福往往都是短暂的。她还来不及享受这一切的时候，故事便停止了。

"你早些回来。"这是她与郭靖离别时说的最后一句话。她望着郭靖远去的身影，心里有一种说不出的滋味，好像这个男子再也不会回来了一样。

听说，他身负血海深仇；听说，他练得绝世武功；听说……他身边多了位"黄姑娘"。

人人都知道郭少侠，还有几人记得一箭双雕的少年？无论世人如何称赞郭靖，在华筝眼中，郭靖始终是那个草原上的射箭少年。

郭靖回来了，华筝眉开眼笑地倾诉着这些年的思念，却发觉他已经不是当年那个郭靖。再看一眼他身边的俏女子，她立刻就懂了，郭靖不再属于自己。他们共同救下的那对幼雕已经长大，可以展翅高飞，翱翔于草原之上。她以为有了这两只白雕，他们之间便有了割不断的牵挂，但她的心依旧空荡荡的。

当年的一切，算爱吗？

对于她来说，那就是爱！

为了留住郭靖，她自私地向父王告密，谁知却害死了郭伯母。她已经没有资格再站在他面前谈爱情，这次真的错了。她好像犯了错的小孩子，不敢见他，不敢为他送别。

那日，郭靖与黄姑娘要离开大漠，她远远地望着，视线穿过了草原，停在了天边。原来她只不过是做了一场梦，如今梦醒了，那梦境里的人也不复存在。纵使郭靖当她是妹妹又如何？她依旧可以爱他。

她爱他，但与他无关。他是属于江湖的，大漠留不住他。就像她终究属于草原一样。

后来，她偷听到父王要南征中原的消息，她让白雕送信给他，只为了他平安。当她把白雕送还给郭靖时，她并非为了想救南宋千千万万的老百姓，她要救的不过是那千万人中的一人。她依然被称为华筝公主，开在风沙中的玫瑰。她要带着对他的相思，度过此生。当爱化为相思，她已不似当年。

如果《猗嗟》中的少年遇到了一个爱他箭技的女子，百炼钢会不会化为绕指柔？红尘滚滚，有几人会爱你最初的模样？

少年啊少年，你的箭镞如此锋利，切莫用它伤害最爱你的人！

36. 齐风·敝笱——一世浮华一世灰

敝笱在梁，其鱼鲂鳏。齐子归止，其从如云。
敝笱在梁，其鱼鲂鱮。齐子归止，其从如雨。
敝笱在梁，其鱼唯唯。齐子归止，其从如水。

时局混乱，人心不古，是谁执念不放，用血与恨写下一
段哀伤？

齐国公主宣姜出嫁了，闹了一出"新台纳媳"的好戏，
齐僖公大事化小，小事化无，彻底放弃了宣姜，任其在痛苦
中自生自灭。

一个女儿罢了！他还有许多女儿，都是他换取利益的
筹码。

齐僖公将希望押在了另一个女儿身上，那是与宣姜齐名
的文姜。《诗经》中《有女同车》这样描写她的容貌：

有女同车，颜如舜华。将翱将翔，佩玉琼琚。
彼美孟姜，洵美且都。有女同行，颜如舜英。将翱
将翔，佩玉将将。彼美孟姜，德音不忘。

上天赐予她一张举世难寻的容颜，让她成为齐国大地上

最妖娆的桃花,注定惹下一桩风流债。

郑国太子姬文武双全,颇有治国之才,曾率军援齐,齐僖公十分欣赏此人,欲将文姜嫁给他。谁料,太子姬出言拒绝:"人各有耦,齐大,非吾耦也。"

这当真是拒婚的理由吗?两国联姻,若一国强大,有百利而无一害,何谈非偶?太子姬拒婚,应是另有原因,只不过,为了两国颜面,他以郑国弱小,齐国强大,不敢高攀为由,婉言拒绝这桩婚事。

好事不出门,坏事传千里。没过多久,拒婚一事就传遍诸国,文姜沦为百姓茶余饭后的笑谈,无人再敢求亲。一句"齐大,非吾耦",毁了女子的一生。

文姜是何等骄傲的女子,怎能受得了如此打击。经此一事,她变得沉默寡言,整日躲在华丽的宫殿中,茶饭不思,以泪洗面。

人生最苦莫过于一个"情"字。想必,太子姬应是文姜的初恋,或许,他们没有说过一句话,或许,他们仅有一面之缘,但是,这并不影响美人爱上英雄。她的爱是寂寞的,是卑微的,是绝望的,藏于心底,相思成疾。

终于有一日,文姜病倒了,她虚弱地闭上双眼,心灰意冷,只求自己在孤独中死去。

是兄长公子诸儿救了她。他日日陪在她身旁,精心照料她的饮食起居,体贴入微,带着她走出感情的伤痛,又将她拖入黑暗的地狱。齐僖公万万没想到,自己的儿子竟与女儿私通,铸成大错。

正当齐僖公愁眉不展时,恰好鲁桓公派使臣来齐求亲,为了及时阻止那段畸恋，齐僖公毫不犹豫地应下婚事。

《左传》记载："齐侯送姜氏于欢，非礼也。凡公女嫁于敌国，姊妹则上卿送之，以礼于先君，公子则下卿送之。"

齐僖公亲自护送文姜远嫁，非礼法。旁人以为这是父亲对女儿的宠爱，殊不知齐僖公是心怀担忧，生怕路上再生变故。倘若公子诸儿做出什么疯狂之举，那么，他们会被永远钉在耻辱柱上，一生难以洗清罪恶。

一路风尘仆仆，好在平安到达鲁国，齐僖公心中悬着的石头总算落了地，从今往后，父女二人也不必再见了。

鲁桓公六年，文姜生下一子，因与鲁桓公同月生日，便取名为同，后来，文姜又生一子公子友。鲁桓公对文姜百般疼爱，只差没将一颗真心剜出来，他爱她，但不知她心里装着另一个男子。这些年，她虽身在鲁国，心却时时牵挂公子诸儿，只盼有一日能够相聚。

齐僖公过世后，公子诸儿继位，成为一国之主齐襄公，无人敢再约束他。齐襄公四年春，鲁桓公和文姜来到齐国，兄妹重逢，埋藏多年的旧情瞬间复燃。

于是，便有了这首《齐风·敝笱》。敝笱，破损的鱼篓。用"敝笱"捕鱼，鱼儿能任意游动。如果鲁桓公是鱼篓，那么"齐子"文姜便是鱼，破损的鱼篓无法束缚不守礼法的鱼，也阻止不了鱼水之欢。

文姜风光回齐，随从"如云、如雨、如水"，驷马高车，人声鼎沸。这热闹的场面不过是假象，欢声笑语是为了掩盖丑恶的心灵。

这不是简单的探亲，而是另一场阴谋的开始。

文姜入宫后，久久不归，鲁桓公独自待在驿馆，渐渐起了疑心，派人打探之后，发现了兄妹的苟且之事，犹如晴天霹雳！

爱了一生的女子竟……

他的心满是失望、仇恨。他们回鲁之后，该如何面对彼此？该如何教导孩子？那日，一向性格软弱的鲁桓公，怒斥了文姜几句。

文姜狠下心来，事已至此，只好一不做二不休。夜宴之上，她和齐襄公灌醉鲁桓公，将其杀害。鲁国君主不明不白地死在齐国，鲁国人自然不肯善罢甘休，为了平息鲁国人的怒火，齐襄公将罪责推到公子彭生身上，杀彭生以谢鲁。

鲁桓公死后，太子同继位，对于父亲真正的死因，他已不愿追究，真相只会伤害更多的人。于是，他派人请母亲文姜回鲁，文姜自知无法久留齐国，不得不离去。车马行至禚地，文姜做了一个大胆的决定："此地不鲁不齐，正吾家也。"

她不舍齐国，又不愿归鲁，只能选择一处非鲁非齐的地方。

鲁庄公二年，鲁庄公四年，鲁庄公五年，鲁庄公七年，齐襄公都曾私会文姜，驱车而来，不遮不挡，二人肆无忌惮地嬉笑，丝毫不避讳。禚地，成了污秽之地。

文姜堵不住百姓的嘴，蒙不上宫人的眼，夺不走史官的笔。

那些丑恶的事情早已写进诗中，人们高声唱着："载驱薄薄，簟笰朱鞹。鲁道有荡，齐子发夕。四骊济济，垂辔沵沵。鲁道有荡，齐子岂弟。汶水汤汤，行人彭彭。鲁道有荡，齐子翱翔。汶水滔滔，行人儦儦。鲁道有荡，齐子游敖。"

这首《齐风·载驱》正是讽刺齐襄公与文姜关系不当之诗，不知廉耻，不知礼法，从双手沾满鲜血的那一刻开始，他们便已面目全非，成了没有心肝的魔鬼。一个不配为帝王，一个不配为母亲，自以为轰轰烈烈的一生，其实，早已众叛亲离，万人唾弃。

他们只是两个自私无情的小丑罢了！

这乱世，原本就是一台戏，唱念做打，乱哄哄，你方唱罢我登场，生旦净末丑，一旦选定角色，便要唱完今生。

37. 魏风·陟岵——将军白发征夫泪

陟彼岵兮，瞻望父兮。父曰：嗟！予子行役，夙夜无已。上慎旃哉，犹来！无止！

陟彼屺兮，瞻望母兮。母曰：嗟！予季行役，夙夜无寐。上慎旃哉，犹来！无弃！

陟彼冈兮，瞻望兄兮。兄曰：嗟！予弟行役，夙夜必偕。上慎旃哉，犹来！无死！

将士行走在杂草丛生的荒野上，不知走了多久，额头已经满是尘土，双眼透着疲惫。他终于停下脚步，望着天空中的大雁，长叹道："鸿鹄归何处？"

回乡之路遥遥，多想化身为鸿鹄，衔一缕乡愁，送往故园。

战鼓沉沉，摧心肝，人未还。

陟彼岵兮，瞻望父兮。

他登上草木茂盛的高山，向父亲所在的地方眺望。

此时，父亲应该拿着斧头，上山伐木，一路高歌长啸，且行且欢喜。男子仿佛听到了父亲的声音："哎！我的孩子啊！还在远方服役，夙夜操劳，无法休息。希望可以保重身体，盼你早日归来，不要永远停留在异乡。"

陟彼屺兮，瞻望母兮。

他登上无草无木的高山，向母亲所在的地方眺望。

此时，母亲应该熬了一碗热腾腾的野菜粥，盛在碗中，等待着家人狼吞虎咽地吃下。军中伙食不比家里，甚至连一碗热汤都无法喝到，整日冷汤硬饭，勉强果腹。这样艰苦的环境，让他怎能不思念家乡！男子仿佛听到母亲的声音："哎！我的孩子啊！还在远方服役，夙夜不眠，真是让人担忧。希望可以保重身体，盼你早日归来，不要抛弃母亲。"

他登上高低不平的山脊，向兄长所在的地方眺望。

年幼时，常和兄长在山林间嬉戏，无忧无虑。长大以后，各自分离，经历战争的风霜。他仿佛听见兄长的声音："哎！我的兄弟啊！还在远方服役，夙夜操劳，和他的同伴一样。希望可以保重身体，盼你早日归来，不要命丧异乡。"

这是一首征夫思亲之作，男子登高望远，目之所及，皆是荒野。戍守疆土多年，夙夜未歇，久战未眠，早已身心俱疲，难免心生思乡之情。血性男儿亦有一颗柔软的心，想到千里之外的家乡，暖阳如火，繁花似锦，忽觉悲凉孤寂。当年，离别之时，泪洒戎甲。亲人的嘱托犹在耳旁，句句关切，声声不舍，只盼远征的人能早日回乡。

天边传来鸿鹄之鸣，多像家人的呼唤！男子开始幻想父母兄弟对自己的期盼：父亲的"犹来！无止！"，母亲的"犹来！无弃！"，兄长的"犹来！无死！"

不谈君思家人，却道家人思君，战争无情，作为他的家人，他们只愿亲人可以早归。

然而，战事不停，征人便无法归乡。陟彼岵兮，陟彼屺兮，陟彼冈兮，征夫攀过一座座高山，只为站在最高的地方，望得更远一些。遥望远方，多怕回乡之时，已是满鬓白发。

登高可以解忧，远望可以悲歌。唐代的王维，在写下"遥知兄弟登高处，遍插茱萸少一人"时，也不过十七岁。那时候，他还没有纵情于山水、专注于佛法，他只是一个质朴的少年，重阳佳节，他会登高望远，低声感叹："独在异乡为异客，每逢佳节倍思亲。"

漂泊之人，无论男女老少，总是心怀孤独。尤其是家家团圆的良辰，备感苦涩，行走在古老的小巷中，凝视着万家灯火，心有千万解不开的结，偶然间，听见别人家的母亲在催促孩子吃饭，那一瞬间，百感交集，才知家的温暖。

读过《击鼓》《扬之水》这类征夫诗，诗中大都会提到爱妻，《陟岵》没有提到妻子，许是因为征人年纪尚小，还未娶妻。或许，他也是一位十七岁的少年，本该读书明理的年纪，却因为战争，远离家乡，被迫服役。

　　对于少年来说，战争太过残忍，他才刚学会握剑，便要手染鲜血，一次次出生入死，马革裹尸。即便有一日，战争结束，他也很难从战乱的噩梦中醒来。

　　深夜，男子哼唱着家乡的歌谣，忧伤之声传遍山冈，草木闻之枯萎，燕雀闻之悲伤；天明时，晨曦透过营帐，照在男子沧桑的脸上，歌声已哑，泪水已干。

　　又是新的一天，又是思念的一天。

　　故乡，年迈的母亲伫立北望，望着暮霭沉沉，望着孤雁远去，望着千帆过尽，终不见征人归。

　　少年啊少年，愿你归来，仍是少年！

38. 唐风·葛生——百年以后与君眠

葛生蒙楚，蔹蔓于野。予美亡此，谁与？独处！

葛生蒙棘，蔹蔓于域。予美亡此，谁与？独息！

角枕粲兮，锦衾烂兮。予美亡此，谁与？独旦！

夏之日，冬之夜。百岁之后，归于其居。

冬之夜，夏之日。百岁之后，归于其室。

城外有一处荒凉的山地，亡故之人埋葬于此，千里孤坟，皆是凄凉。

那里，时常会出现一个女子的身影。

她总会跪在坟前，要么，低声呢喃几句话，要么，一动不动地坐上半日。

微风能将泪水吹散，为何带不走孤独者的悲伤？漫长的日子仿佛没有尽头，思念何时方休？

天边大雁离群，哀鸣声划破天际，刹那间，撕裂人心。

葛，一种植物，缠绕他物上，茎可编篮，纤维可织葛布。

"葛生蒙楚，蔹蔓于野。"葛藤覆盖了牡荆，蔹草已经蔓延到田野。

"葛生蒙棘，蔹蔓于域。"葛藤覆盖了酸枣，蔹草已经蔓延到坟地。

她抬手拔去坟头上的杂草，动作熟练，落寞地叹道："予美亡此，谁与？独处！予美亡此，谁与？独息！予美亡此，谁与？独旦！"

爱人埋葬在这里，谁和他在一起？独自长眠！

爱人埋葬在这里，谁和他在一起？独自安息！

爱人埋葬在这里，谁和他在一起？独自待旦！

长眠的人孤独，活着的人痛苦，前尘往事化成一句句断肠诗，最怕回忆相思入骨，难言一句此生不负。曾经，她与爱人因爱而成婚，最欢喜之事是执子之手，最悲伤之事是未能偕老。

入殓下葬仿佛就是昨天的事情，她亲手将角枕、锦衾放入棺椁中，目视着棺椁一点点被泥土埋没。

那一刻，她的心彻底碎了。

黄土之下埋着她的爱，她的心，她的魂。予美亡此，吾心葬此，郎君，你从来不曾孤独。

她活成了行尸走肉，白日，微笑待人，夜里，独自哭泣。

夏之日，冬之夜。一年四季，无论风雨冰雪，她都会来到此处，告诉他，她有多么想念！世间最遥远的距离不是咫尺天涯，而是天人永隔。无论她如何等，如何痛，那个人都不会再回来。自君长逝后，夏日，再也无人摇着蒲扇，为她驱赶蚊虫；冬日，再也无人伸出双手，为她温暖冰足。她孤单一人生活，活得那样坚强，那样勉强。

她说："百岁之后，归于其室。"

此生别无他求，只愿百年之后，能与君合葬一穴，生死不离。

看到"夏之日，冬之夜"，便会想起那首《上邪》：上邪！我欲与君相知，长命无绝衰。山无陵，江水为竭，冬雷震震，夏雨雪，天地合，乃敢与君绝。

那些年，恋人们坐在江畔，将这首乐府民歌轻轻唱："我愿与你相爱，除非高山变为平地，除非江水干涸枯竭，除非冬天雷声阵阵，除非夏日白雪纷纷，除非天地相合，我才敢与你决绝！"

昔日，许下生死不离的誓言，如今，江水未竭，天地未合，却与君永别。终于明白，誓言终究是誓言，怎能一一应验！

人生不过百年，等不来山无陵，天地合。

日落西山，这一日将要结束。

　　她也该回家了！家中还有父母、孩子，他们在等着她。活着的人，还要继续生活，为了活而活。

　　临走前，女子拿出酒壶，倒两杯浊酒，一杯，含泪饮下，一杯，洒在坟前。

　　丈夫悼念妻子时，会叹一句："绿兮衣兮，绿衣黄里。心之忧矣，曷维其已？"

　　妻子悼念丈夫，会叹一句："冬之夜，夏之日。百岁之后，归于其室。"

　　李清照悼念亡夫，曾写下《孤雁儿·藤床纸帐朝眠起》：

> 藤床纸帐朝眠起，说不尽无佳思。
> 沉香断续玉炉寒，伴我情怀如水。
> 笛声三弄，梅心惊破，多少春情意。
> 小风疏雨萧萧地，又催下千行泪。
> 吹箫人去玉楼空，肠断与谁同倚。
> 一枝折得，人间天上，没个人堪寄。

　　某一年，某个清晨，她从梦境中醒来，心中却流淌过一种说不尽的相思。玉炉内焚烧的沉香时断时续，她的心情如冷水一般凄凉。笛声悲凉，梅花依旧，暖春已至，勾起女子无限惆怅。

　　门外，细雨潇潇，催人落下千行泪。当年，吹箫的人已经离去，纵有红梅满枝头，又与何人赏？

　　李清照缓缓折下一枝梅，回眸之时，四处无人，天上人间，竟没一人可赠。

故人爱梅，梅花重开时，不见旧时影。

赵明诚病故后，李清照便孤身飘零于世间，经历了国破家亡，才知世间最难便是相守。万贯家财又如何，换不回爱人的性命。

后来，她走遍三千江河，遇到了许多人，却无一人像他。

逝者长眠黄土，生者负重前行。

女子的思念从未停止……

39. 唐风·绸缪——遇良人知良辰

　　绸缪束薪，三星在天。今夕何夕，见此良人？
子兮子兮，如此良人何？

　　绸缪束刍，三星在隅。今夕何夕，见此邂逅？
子兮子兮，如此邂逅何？

　　绸缪束楚，三星在户。今夕何夕，见此粲者？
子兮子兮，如此粲者何？

　　静谧之夜，繁星点点，好似女子明亮的眸，藏着浅浅温婉，淡淡柔情。

　　古老的村落，人们举杯欢饮，庆贺一对新人成亲，好生热闹！

　　新娘静静地坐在房中，双颊微红，手指紧紧地握着鸳鸯绣帕，难掩心中的欢喜、紧张。新婚之夜，女子的情绪最是复杂。

　　一会儿，她见到夫君，该说什么？做什么？

　　洞房花烛夜，新婚夫妇的心最乱。

　　门轻轻地打开，新郎走进屋子，面色腼腆，有些不知所措。这时，有朋友在门口高唱着《绸缪》，这是最古老的闹洞房，举着酒，唱着歌，气氛瞬间变得浓情蜜意起来。

薪，是薪柴；刍，是青草；楚，是荆条。束指捆绑。薪柴、青草、荆条牢牢捆住，像极了新婚夫妇永结同心的样子。

天上的"三星"随着时间的变化而移动，时而东南角，时而照门上。如此良辰美景，岂能辜负，于是，便有了下一句：今夕何夕，见此良人？子兮子兮，如此良人何？

电视剧《倾城之恋》中，某个清晨，范柳原凝视着白流苏，含笑道："今夕何夕，见此良人？"

白流苏道："后两句是，美呀美呀，那个女人那么美，真的有这么美吗？"

范柳原另有一番解释："应该是，美呀美呀，拿这样一个美丽女子，我该怎么办？"

告诉我，我的美人啊，我该拿你怎么办？我要如何疼爱你？我想在乱世中为你谋得一世安宁，我想带你追寻星辰大海，我想用今生的爱换你来世的情。恋人之间的对话总是这么甜蜜、默契，一个轻轻地问，一个深深地答，言语中夹杂着只有彼此能听懂的暧昧。甚至，不需要语言，一个眼神，一个动作，便能知晓对方的心意。

宾客们唱完贺婚歌，便关门散去，还给新人一个真正的良辰。今夕何夕，邂逅良人，良人啊良人，这良辰该如何共度？那夜，月明星稀；那夜，一室旖旎；那夜，无限温情。

读过《绸缪》，才知古时闹洞房竟是这般浪漫，一首诗，一杯酒，便是最真诚的祝福。如果有一场婚姻，无关门第，无关富贵，无关皮囊，那必是幸福的事情。

且看《诗经》是如何刻画男女婚嫁的场景。

小雅·车舝

间关车之舝兮，思娈季女逝兮。匪饥匪渴，德音来括。虽无好友？式燕且喜。

依彼平林，有集维鷮。辰彼硕女，令德来教。式燕且誉，好尔无射。

虽无旨酒？式饮庶几。虽无嘉肴？式食庶几。虽无德与女？式歌且舞？

陟彼高冈，析其柞薪。析其柞薪，其叶湑兮。鲜我觏尔，我心写兮。

高山仰止，景行行止。四牡騑騑，六辔如琴。觏尔新婚，以慰我心。

这首诗是以男子的口吻所写，新婚嫁娶，不仅闺中女子期待，就连七尺男儿也遐想无限。从情窦初开之时，便开始幻想未来的良人，那时候，年少任性，可能不懂爱，却想得到爱，一次次邂逅，一次次受伤，一次次等待，终于有一日，他遇见了此生的伴侣。

择一良日，男子迎娶，女子出阁。四马拉车，齐驱并驾，穿过丛林，踏过山冈，只为迎娶远方的姑娘。

见到女子之时，他不说"执子之手，与子偕老"，而是说：虽无好酒，但请你能饮一盏，虽无好菜，但请你能吃一些，虽无高尚的品德与你相配，但有一颗深爱的心。

最后，以一句"靓尔新婚，以慰我心"作为结尾。

今遇新婚，满心欢喜，之子于归，宜其室家。

婚姻是另一段人生的开始，何必千挑万选，何必摇摆不定，若是认定一个人，那就痛痛快快地决定。不要考虑对与错，错了总比错过好。

40. 秦风·蒹葭——所谓伊人，在水一方

> 蒹葭苍苍，白露为霜。所谓伊人，在水一方。
> 溯洄从之，道阻且长。溯游从之，宛在水中央。
> 蒹葭萋萋，白露未晞。所谓伊人，在水之湄。
> 溯洄从之，道阻且跻。溯游从之，宛在水中坻。
> 蒹葭采采，白露未已。所谓伊人，在水之涘。
> 溯洄从之，道阻且右。溯游从之，宛在水中沚。

秋风乍起，湖面泛起层层涟漪，一株株白色芦苇随风摇曳。此景，像极了一场虚无缥缈的梦境。

有位白衣少年在芦苇丛中不停地奔跑，最终，迷失在漫天飞舞的芦花中。

伊人如梦，长留心间，他在找一位姑娘，越过高山，蹚过河水，寻寻觅觅，看见了女子的身影，听见了女子的笑声，却怎么也无法靠近，咫尺天涯，情思绵绵不绝。

这是关于追寻的故事。

深秋时节，大地的每个角落都浸着凄凉，河岸边，芦苇青青，叶子上的露珠已结成白霜，萧瑟冷寂，不见温暖。秋风送来阵阵寒意，吹不散露珠，带不走悲凉。

这样的景象，唯有一句"蒹葭苍苍，白露为霜"可以

描绘。

男子伫立在岸边，霞姿月韵，宛若月下清风。他凝望着茫茫河水，苍苍芦苇，忧郁的眸中透着隔世的惆怅。他曾在这里遇到一位伊人，秋水伊人，芙蓉不及佳人妆，见之难忘，别后相思。

初见太过匆忙，来不及问她的名字，她的倩影便已消失在芦苇丛中，只留下男子一人站在原地，痴笑着，等待着……

那年秋，他日日来此，行走在一望无际的芦苇荡中，只为寻觅伊人。芦苇丛生，遮住了他的视线，男子抬手拨开挡在面前的芦苇叶，粗糙的苇叶划破皮肤，带来丝丝痛意，他忘却痛楚，执着地往前走去。

前方是泥泞的道路，是湍急的河流。

伊人是谁？我想，《诗经》中的每个女子都曾是蒹葭伊人，她们本来烂漫无邪，属于自由的天地，无意卷入纷争之局，无心沉醉爱情之中，然而，总有一个人，要将她们追寻。

伊人何处？

在水一方。在水之湄。在水之涘。

男子终于见到了伊人，他努力地靠近她，可她一会儿在河水一方，一会儿又去了河水对方，一会儿又在河水一边，他始终无法到达。他逆着河流去找她，道路险阻又漫长，顺着河流去找她，她仿佛在河水中央，仿佛在水中沙滩，仿佛在水中小洲。

他迷茫地站在原地，不知该前行，还是该后退。无论是逆流，还是顺流，他始终无法走到女子面前，只能远远地望着她。

女子婀娜的身影在芦苇丛中翩然起舞，一袭红衣若隐若现，那抹朱砂红刺痛了痴情男子的双眼。他的伊人啊！可望而不可即！

寻不到伊人，只能独自叹息，最终，他会同那些痴情人一样，患上一种无药可解的病——相思。长相思，断人肠，摧心肝！

那位伊人会不会在躲避他？落花有意流水无情，你爱的人未必爱着你。即使他热情地追求，她也不为所动。她没有用言语拒绝他，只是躲着他，不让他靠近，或许，他倦了、累了，便会主动放弃。

这女子会不会太绝情？如果你认为不爱就是绝情，那便算是绝情吧！她没有做错什么，只是不爱他而已。无论他的

追求是何种目的，她的选择都是躲避。

也许，我们可以换一种理解，这位男子寻觅的并非女子，而是精神净土，或是梦想。

浊浊尘世间，谁不想寻到一处安静之所，不问世事，不言是非，不听纷扰，与诗书为伴，与山林为友。然而，真的会有这样的地方吗？贤者寻访着，徘徊着，路漫漫其修远兮，吾之求，何时能得到？

不管"伊人"是人还是梦，他都不会放弃。所谓伊人，在水一方。越是寻找，越难得到。人们总是愿意活在执念当中，执着地认为那个伊人是一生所爱，执着地认为那片净土是理想之地，事实真的如此吗？当伊人娶回家中，也许生活只剩下乏味，当贤者找到无人净土，便要承受孤独。世间没有两全其美的事情，有得就有舍，拥抱幸福的时候，也意味着必要经历苦难。人生苦短，何必苦苦追寻得不到的东西，不如放下，换一种态度，换一个心情，会活得更潇洒。

当然，也有人觉得结果不重要，重要的是过程。追寻是一件令人又爱又恨的事情，穿过荆棘，征途漫漫，不在乎结局，不计较得失，只要爱过，便觉天地万物都是美好。正如《蒹葭》中的男子，哪怕追寻如此辛苦，他也会微笑着高喊："前方的姑娘，等等我！"

爱与梦想，总能让人充满希望，一首《蒹葭》，道出了多少人的执着。是谁在芦苇丛中一遍又一遍地唱着"蒹葭苍苍，白露为霜。所谓伊人，在水一方"？

那位"伊人"，可曾回眸？

41. 秦风·黄鸟——为君舍弃百年身

交交黄鸟，止于棘。谁从穆公？子车奄息。维此奄息，百夫之特。临其穴，惴惴其栗。彼苍者天，歼我良人！如可赎兮，人百其身！

交交黄鸟，止于桑。谁从穆公？子车仲行。维此仲行，百夫之防。临其穴，惴惴其栗。彼苍者天，歼我良人！如可赎兮，人百其身！

交交黄鸟，止于楚。谁从穆公？子车针虎。维此针虎，百夫之御。临其穴，惴惴其栗。彼苍者天，歼我良人！如可赎兮，人百其身！

公元前621年，秦穆公去世。

丧钟悲鸣，白衣素缟，举国哀思，那哭声撕心裂肺，为君而悲，为贤而悲。

那一日，一百七十七人殉葬，其中包括三位贤才：奄息、仲行、针虎。君主过世，贤者何错之有？竟让他们奔赴黄泉！秦人高唱一首挽歌《黄鸟》，送三人最后一程。

黄鸟发出悲伤的鸣叫，时而停在枣树枝上，时而落在桑树枝上，时而飞向荆树枝。那哀伤的叫声宛如一曲悲歌，惹人心伤。

是谁殉葬？是三位骁勇善战的将领。子车奄息，曾被誉为"百夫之特"；子车仲行，曾被誉为"百夫之防"；子车针虎，曾被誉为"百夫之御"。

秦人目睹殉葬的残忍，皆为之惶恐、战栗。那些无辜的生命，一瞬间，停止了呼吸，永远埋在冰冷的地下。他们愤怒地质问苍天："彼苍者天，歼我良人！如可赎兮，人百其身！"

苍天啊！坑杀世间好人！如果可以代替他，百人愿用性命换其一命！

黄鸟交交鸣，百姓泪沾裳，活人殉葬，悲声震天地，一路泪洒黄土，血染白衣。人们无比痛恨殉葬制度，却也只是敢怒不敢言，只能眼睁睁望着最熟悉的英雄，一步步走进陵墓，走向死亡。

是统治者太过残暴吗？秦穆公一生广纳贤才，任用百里奚、蹇叔、由余为谋臣，治军有方，东征西伐，开疆拓土，乃是当世英豪。可惜，一世英名，毁于《黄鸟》。不知这首诗的作者是何人，是何种身份，全诗只写了"三良"，未写其他殉葬者，可见诗人与"三良"关系密切，字里行间，充满了隐忍、愤恨。

其实，并非统治者无情，而是殉葬制度残忍，即便是君王，也无法改变这种制度。

《墨子·节葬》记载："天子杀殉，众者数百，寡者数十；将军大夫杀殉，众者数十，寡者数人。"那时候的统治者相信神明，认为天子死后，即便到了黄泉，也应继续奢靡的生活。于是，君主开始下令修建皇陵，器具陪葬，活人殉葬。封建社会的殉葬制度，一直延续到清朝，这期间，废除过，恢复过，反反复复，总有鲜活的生命消亡。

那只黄鸟鸣叫了千年，却依旧没有唤来希望。

有人惋惜殉葬者的遭遇，亦有人赞许殉葬者。陶渊明就曾写下《咏三良》，赞美这三人的行为。

咏三良

弹冠乘通津，但惧时我遗。

服勤尽岁月，常恐功愈微。

忠情谬获露，遂为君所私。

出则陪文舆，入必侍丹帷。

箴规响已从，计议初无亏。

一朝长逝后，愿言同此归。

厚恩固难忘，君命安可违！

临穴罔惟疑，投义志攸希。

荆棘笼高坟，黄鸟声正悲。

良人不可赎，泫然沾我衣。

当年，三人出仕为官，身居要职，南征北战，为君王立下汗马功劳。出门跟随在王的车马边，入宫服侍在丹帷旁，凡是谏言，君王必会听取。君王一朝过世，君恩难忘，臣子甘愿同归。临穴不犹豫，献身为君王。千年过去，荆棘已经笼罩着坟墓，黄鸟的悲声还未断绝。三位良人的性命不可救，泪水沾湿了陶公的衣裳。

陶公笔下的秦穆公更接近历史上的秦穆公，这位君王，曾为战死的秦军痛哭，曾重用外邦能人，曾创下千秋霸业。"三良"伴随秦穆公多年，愿与君王同生共死。

苏东坡在《秦穆公墓》中写道："乃知三子徇公意，亦如齐之二子从田横。古人感一饭，尚能杀其身。今人不复见此等，乃以所见疑古人。古人不可望，今人益可伤。"

"古人感一饭，尚能杀其身"，古人这种舍身报恩的精神，并非现代人所能理解。

还记得那位"士为知己者死"的刺客吗？

豫让本为春秋晋国智伯的家臣，智伯将他当国士看待，以礼相待。后来，韩、魏、赵联手灭智氏家族，赵襄子痛恨智伯，便用智伯的头盖骨作饮器。豫让为了报仇，在全身涂漆，剃光了胡须和眉毛，吞炭改变声音，乔装成乞丐的样子，等待接近赵襄子的机会。他曾言："士为知己者死，女为悦己者容。"

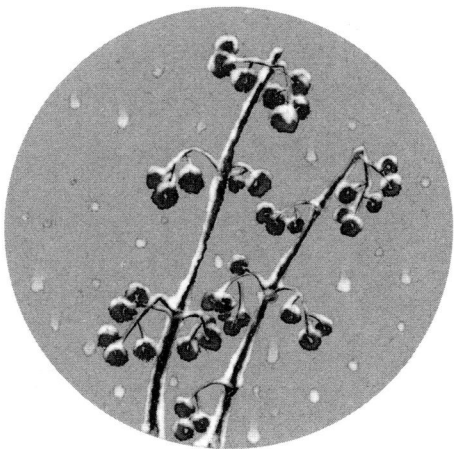

士为知己者死，忘勇之士大都不畏死亡，更何况，为知己报仇，赴汤蹈火，在所不辞。

不过，这场刺杀并未成功。豫让自知难逃一死，他道出最后的心愿："今日之事，臣故伏诛，然愿请君之衣而击之，虽死不恨。"

他只想用剑刺破赵襄子的王袍，算是为智伯报仇，了却一桩心事。赵襄子脱下袍子，成全了豫让，随后，豫让拔剑自刎，一腔热血洒在王袍上。

虽败犹荣。

这样的结局，他并不后悔，心中反而觉得解脱。从他决定报仇的那一刻，便已经猜到这样的结果。即使他不敌赵襄子，也要奋勇一战。

那么，秦国"三良"殉葬时，是否也抱着一颗"士为知己者死"的决心呢？

各家之言，众说纷纭，从今人的角度来看，还是觉得殉葬太过残忍。世间本就俗人多，大都贪生怕死，生命如此绚烂，谁又能心甘情愿地舍生？由此可见，殉葬者大多是受人逼迫。

秦穆公死后，太子罃继立，是为秦康公，此人一生政绩平平，史书并未有过多记载。如果，"三良"未殉葬，那么在他们的辅佐下，秦国会不会是另一番盛景？

交交黄鸟，鸣叫不止，终是没有如果。

42. 秦风·无衣——岂曰无衣

岂曰无衣？与子同袍。王于兴师，修我戈矛。
与子同仇！

岂曰无衣？与子同泽。王于兴师，修我矛戟。
与子偕作！

岂曰无衣？与子同裳。王于兴师，修我甲兵。
与子偕行！

原野上又响起战鼓声，冷风吹动着战旗，碧空之下，将士们的身影坚毅如山，目若猛虎，一片丹心向日月。

吴国臣子伍子胥伫立城楼之上，望着正在逼近的秦军、楚军，双手紧握佩剑，掌心渗出丝丝细汗。

这一战，他还能胜吗？

远处，秦军、楚军正高唱战歌："岂曰无衣？与子同袍。"

好一句"与子同袍"！旧时的记忆席卷而来，如此苦涩，如此悲伤。伍子胥露出一丝伤感的笑，曾经，也有一个人，愿与他同袍……

那年，他还是楚国子民，父亲伍奢为当朝太傅，父慈子孝，无忧无虑。少年时，读诗书，学兵法，一心报国。后来，他结识了一位志同道合的好友，楚国大夫申包胥。二人一见如故，畅谈朝政，踏雪寻梅，立志成为楚国贤臣，相互扶持，名垂青史。可惜，少年还未一展抱负，家族便忽遭变故。

楚平王听信谗言，下令囚禁伍奢，为斩草除根，又以伍奢为人质，召见其子伍尚、伍子胥，并威胁道："若来，伍奢命在，若不来，伍奢必死。"

闻得命令，兄弟二人都意识到这是一个陷阱，楚平王根本无心放过父亲，只是想用计引他们入宫，一同斩杀，以绝后患。对于此事，伍尚和伍子胥做了不同的选择，伍尚选择孝道，与父亲一同赴死，伍子胥选择逃离，等待报仇的时机。

一瞬间，少年的雄心壮志荡然无存，取而代之的是仇恨。他所敬的君主，亲手毁了他的家，绝不可以原谅！从此以后，楚王不再是他的君。

临走前，他去见了申包胥。多少无奈、心痛、不舍，昔日同朝为官的情景历历在目，如今终究走向陌路。

伍子胥望着楚国的山河，立下誓言："我一定会回来！颠覆楚国！为父兄报仇！"

申包胥听后，没有阻止，没有责备，只是语气平静地道："你能颠覆楚国，我便能复兴楚国。"

一个要攻，一个要守，他们再也无法对酒当歌，笑谈人生。如果注定要成为敌人，那么，他们都希望这一日来得晚一些。

两个人一南一北，走向各自的道路，策马离去时，皆眼含泪水。

世间最痛苦的分别就是这一刻，我们还是朋友，再见之时，你我便是敌人。让所有的豪言壮语化作一场梦吧！不要怀念，不要悲伤，不要流泪，人各有志，乱世本就如此，谁也无法堂堂正正地活一生。

逃亡之路漫漫，四处都是追兵，只能白天躲避，夜晚赶路。重重压力之下，伍子胥一夜之间白了头，幸有扁鹊的徒弟东皋公仗义相助，东皋公找来长相酷似伍子胥的皇甫讷，守关将士误将皇甫讷认成伍子胥，盘问之时，伍子胥趁乱蒙混出关。

他一路逃到吴国，留在了吴王诸樊之子阖闾身边，筹谋布局，助阖闾夺得王位。阖闾深知伍子胥大仇未报，公元前506年，吴国兵力正盛，阖闾下令伐楚，以伍子胥、孙武为将，这一战，吴军势如破竹，一举攻破楚国都城郢都。

　　吴军占领郢都后，烧杀抢掠，无恶不作，对于吴军的所作所为，伍子胥并未阻止。他一心报仇，只想立即手刃仇人。然而，楚平王已死，楚昭王弃城逃往随国，仇人死的死，逃的逃，苍天似乎要故意阻止他。

　　伍子胥不甘心，仇恨之火越燃越烈，他下令掘开楚平王的坟墓，鞭尸三百，方才罢手。一鞭鞭挥下，彻底激怒了楚国百姓。

　　申包胥本在深山之中避难，听闻此事，心有不忍。他理解伍子胥报仇心切，又怕伍子胥继续施暴，会引发百姓暴乱，便派人去劝诫伍子胥，使人曰："子之报仇，其以甚乎！吾闻之，人众者胜天，天定亦能破人。今子故平王之臣，亲北面而事之，今至于僇人死，此岂其无天道之极乎！"

　　闻言，伍子胥轻叹道："吾日莫途远，吾故倒行而逆施之。"

　　他知道自己前途渺茫，种下无数恶果，所以，才会做出那些违背常理的事情。他也是楚国人啊！看见无辜之人惨遭屠杀，他的心何尝不痛！但是，他管不了那么多，他忘不了父亲的鲜血，忘不了族人的哀号，他早已被仇恨蒙住了双眼，苦海无边，回头已然无岸。

　　当他坠入地狱的时候，谁也没有伸出援手，生而为人，被世人所弃，他凭什么善良！申包胥从未经历过他的痛，又凭什么劝他善良！可笑！让他怜悯楚国人？楚国人何曾怜悯过他？

　　伍子胥一意孤行，顾不得什么人间正道，走向那座满是风雨的独木桥。

伍子胥实现了"亡楚"的诺言，现在，该轮到申包胥兑现"兴楚"的诺言了。

申包胥跋山涉水，走了七天七夜，才到达秦国，他一刻都没有停歇，直接面见秦国君主，跪在秦哀公面前，请求秦哀公出兵，秦哀公并未答应出兵。申包胥立于庭墙，日夜恸哭，整整七日，滴水未进。

他的忠心打动了秦哀公，秦哀公为之作《无衣》，并下令发兵援楚。

这首诗像是大雪中的火炭，为楚人带去了温暖。"岂曰无衣"，一句疑问，"与子同袍"，一句回答。忠勇的将士啊！谁说没有战衣？我愿与你同穿战袍。君王下令起兵，一同修整武器，我愿与你共生死。

"与子同袍！""与子同泽！""与子同裳！"

申包胥做到了！他正一步步实现复国大计。

伍子胥早就知道会有这一日，不知为何，心中竟有几分欢喜。这些年，他们争斗过、厮杀过，可是，直到今日，他也无法真正地怨恨那个人。

一日为友，终身为友，他们都将心底最后的善良给了彼此。

大敌当前，楚国、秦国同仇敌忾，杀向敌军。此时，吴国爆发内乱，阖闾不得不退兵，伍子胥亦跟随归吴。乱世兵荒马乱，可叹伍子胥未能见申包胥最后一面，就匆匆离去。

许多年后，伍子胥被奸佞诬陷有谋反之心，吴王夫差下令赐死伍子胥。又是诬陷！想不到，逃了一辈子，还是难逃一死。

不禁想起那位故人！听闻楚国复国后，申包胥便隐居山林，不问朝政，远离纷争。好生让人羡慕！

若当年报仇后，他听从申包胥的劝告，人生会不会有不同的结局？

后悔已然太晚！故事不会重来。

43. 陈风·株林——祸水终得一世安

胡为乎株林？从夏南！匪适株林，从夏南！
驾我乘马，说于株野。乘我乘驹，朝食于株！

郑国，漫天飞雪，天地一片素白。

女子静静地跪在宫殿前，她已不记得自己跪了多久，双腿早已失去知觉，身子瑟瑟发抖。

听说，初雪能将世间的秘密湮没，如果可以，她希望这场大雪将自己吞没，将灵魂净化。

殿门缓缓打开，郑穆公走出宫殿，目光厌恶地望向她，沉默良久，缓缓开口道："我已将你许配给陈国的公孙夏御叔，日后，好自为之。"

一句话，决定了她的未来。从此，她有了一个新的称呼，夏姬。

女子神情淡漠地点了点头，吃力地站起，一步步走向远方。

夏姬是那个时代最美的女子，美到不经意地一回眸，便会惹无数男子献殷勤。红颜啊红颜，终究成了祸水。

她是一个罪人，私通兄长，罪无可恕。郑国已没有她的容身之处，她必须去往一个陌生的国，逃避不堪的过往。

陈国夏御叔，陈宣公之孙，皇亲国戚。能嫁给这样的人，她本该感到欢喜，可是，为何她竟如此悲伤？

远嫁之日，十里红妆，清风送喜，临别时，无人为她流泪，无人觉得不舍。在父亲冷漠的注视下，她绝望地迈出宫门，坐上马车，从始至终，父女二人没有说一句话。

迎亲的车马离开郑国都城，驶向陈国，一路上，满是鄙夷不屑之声，这是一场得不到祝福的婚礼。

她的丑事闹得满城风雨，她的夫君夏御叔也已知晓，不过，夏御叔全然不在乎，只因她的容貌太美，美到让男人可以原谅她所有的过错。

成亲不到九个月，夏姬便产下一子，取名夏徵舒，字子南。这孩子来得太快，许多人都怀疑孩子的身份，认为孩子的父亲另有其人。夏御叔也曾生疑，却怕真的追究下去，会伤了爱妻的心，便不再理会那些流言蜚语。

那段时光难得的安宁，夏姬的心也不似从前浮躁，她只想成为普通的妻子，相夫教子，平凡一生。

孩子十二岁那年，夏御叔因病过世，夏姬守着孩子，开始漫长的寡居生活。市井上，关于她的传闻闹得沸沸扬扬。

有人说，夏姬有着一张不会衰老的容颜。

有人说，夏御叔英年早逝，是死于夏姬的"采补之术"。

这些传言将她推到风口浪尖，她有了一个新的身份：祸水。

她不禁想起多年前郑国的那场初雪，冰雪消融后，所有的丑恶、秘密、污秽都会浮现在世人面前，那些肮脏的过去，永远过不去。

夏姬苦笑，她已是深陷地狱之人，又怎能奢望别人的原谅。既如此，她便只能继续活在污浊中，堕落下去，麻痹自己。

她先是招惹来了孔宁、仪行父，后又引来了陈灵公，将陈国三个位高权重的男子，玩弄于股掌之间。今日，她送孔宁锦裆，明日，送仪行父碧罗襦，后日，又想方设法取悦陈灵公。

株林成了风月之地，君臣三人的马车路过时，总有人明知故问："胡为乎株林？"

为何要去株林？

另一个人很配合地回答："从夏南！匪适株林，从夏南！"

自然是去找夏南！不是为了去玩乐，就是为了去找夏南！（夏南：夏徵舒）

两个人一唱一和，刻意地强调，是为了刻意地讽刺。那些人心知肚明，这些马车去株林，不是为了夏南，而是为了夏姬。他们驾着华丽的马车，在株林停下，准备去那里享用朝食。这样的事情已经不是第一次发生，百姓们早就习以为常。

可怜诗中的夏南，少年时受尽世人嘲笑，内心满是伤痕。对于他来说，身为夏姬的儿子，是一种难以启齿的耻辱。每当那三个男子来到株林，夏徵舒便托词避开，离家而去。他时常双目含恨地望着马车，暗暗发誓：总有一日，会让他们付出代价。

为了那一日，他努力了数年，日日苦练射箭。十八岁那年，陈灵公为了讨好夏姬，许夏徵舒承袭父亲的官职，掌兵权，夏徵舒在家中宴请陈灵公、孔宁、仪行父。席上，三人不知收敛，醉酒之后，开始调侃起夏徵舒的容貌。

陈灵公对仪行父说："我觉得夏姬的儿子像你。"

仪行父回道："我觉得像国君。"

几人相视大笑，笑声中充满嘲讽。

夏徵舒目光阴沉如墨，紧紧地握住弓箭，心中动了杀意。

他先将夏姬锁在内室，后命随从围住府邸，下令道："绝不许放走一人！"

那夜，夏徵舒身披戎装，杀入宴厅。

他听见母亲夏姬的哭泣声，她拼命地拍打屋门，劝他住手，弑君乃是死罪。夏徵舒并没有住手，事已至此，他已经难以回头。

今夜，他要结束所有的痛苦、屈辱。

马厩，陈灵公无处躲藏，吓得瑟瑟发抖，夏徵舒不急不缓地走过去，欣赏着一国之君的恐惧、绝望，良久，他冷笑着拉开弯弓，一箭正中陈灵公胸口。

寒风凛冽，马群惊嘶，夏徵舒淡定地拔出羽箭，拿着手帕，面无表情地擦拭着箭上的鲜血，他沉声道："公酒后急病归天。"

陈灵公死后，陈国太子午吓得逃往晋国，孔宁、仪行父逃往楚国。夏徵舒掌兵权，自立为陈侯，从此以后，再也无人敢唱："胡为乎株林？从夏南！"

一夜之间，株林恢复了宁静。夏姬虽得到了自由，却不曾欢喜，她深知，弑君之罪，天下难容。夏徵舒自立陈侯，名不正言不顺，无法让臣子信服。

大难即将临头，谁也逃不过宿命。

楚国，楚庄王听信孔宁与仪行父之言，下令讨伐陈国。楚强陈弱，战争的结果早已注定。

陈国兵败，楚庄王以"弑君之罪"处死夏徵舒，车裂之刑，死无全尸。

夏姬被活捉，送到楚国王宫，美人落魄，最是惹人怜爱。楚庄王也是男子，凡是男子，大抵都难以抗拒夏姬的容貌，年近四十的女子，绝色倾国，宛如豆蔻少女，"祸水"二字，简直就是因这个女子而有。

楚庄王第一眼见到夏姬，一颗心便已沦陷。

楚庄王想将夏姬收入后宫，楚国大夫巫臣阻止道："不可。君召诸侯，以讨罪也。今纳夏姬，贪其色也。贪色为淫，淫为大罚。《周书》曰：'明德慎罚。'文王所以造周也。明德，务崇之之谓也；慎罚，务去之之谓也。若兴诸侯，以取大罚，非慎之也。君其图之！"

楚庄王听从了巫臣的谏言，一国之君，自然懂得权衡利弊，美人哪里有江山重要，任何一个君王，都不愿落得个"贪恋美色"的骂名。

君王不纳，重臣欲娶。楚国重臣子反站了出来，有意娶夏姬为妻。巫臣又道："是不祥人也！是夭子蛮，杀御叔，弑灵侯，戮夏南，出孔、仪，丧陈国，何不祥如是？人生实难，其有不获死乎？天下多美妇人，何必是？"

闻言，子反也打消了念头，天下多美人，何必娶一个不祥之人。

最终，楚庄王把夏姬赐给了丧偶的连尹襄老，可惜，襄老无艳福，没过多久，便战死沙场，尸首下落不明。当真是应了巫臣的那句话：是不祥人也！

襄老的死，并没有吓倒想要占有夏姬的人。最荒唐的人便是襄老的儿子黑要，他得知父亲的死讯后，不悲反喜，急忙跑去与庶母夏姬私通，夏姬又一次陷入泥潭。

夏徵舒已死，还有谁能救她？

这时，巫臣来了，他说："归！吾聘女。"

四个字，拨开了万丈阴霾。那一刻，夏姬才知道他的心。回想当年初见，他句句伤她，实则句句救她。

巫臣亲手布下一场局，王侯将相皆是棋子，天下大事，尽在君心。他先指使郑国人召夏姬回国，并宣称襄老的尸首在郑国，必须夏姬亲自去迎。楚庄王应允夏姬回国，临走前，夏姬对送行的人道："不得尸，吾不反矣。"

郑国是夏姬的母国，回到那里，她才能得到真正的庇护。

楚庄王过世后，楚共王继位，派巫臣出使齐国。巫臣出行之时，带上了全部家财，心中另有打算。

途中，巫臣的族亲遇见他，甚感疑惑，不解地道："异哉！夫子有三军之惧，而又有《桑中》之喜，宜将窃妻以逃者也。"

鄘风·桑中

爰采唐矣？沬之乡矣。云谁之思？美孟姜矣。

期我乎桑中，要我乎上宫，送我乎淇之上矣。

爰采麦矣？沬之北矣。云谁之思？美孟弋矣。

期我乎桑中，要我乎上宫，送我乎淇之上矣。

爰采葑矣？沬之东矣。云谁之思？美孟庸矣。

期我乎桑中，要我乎上宫，送我乎淇之上矣。

此诗正是描写男女幽会的喜悦之情，而那族亲之言，更是怀疑巫臣要带着别人的妻子私奔。由此可见，一路上，巫臣面露喜色，犹如迎亲的新郎。

原来，巫臣才是隐藏最深的人，大殿初见夏姬，便已情深入骨，三言两语便劝阻了楚庄王、子反，接着，又用计安排夏姬离开楚国，去往郑国，趁着出使齐国之机，取道郑国，求娶夏姬，开始了逃亡之路。此人城府之深，令人叹服！

乱世棋局，谁主沉浮？纷纷扰扰数十年，谁能想到，最后的赢家竟是巫臣。负家族，负君王，负天下，他负了所有人，终是没有负了她。

　　他们来到晋国，巫豆被任为邢邑大夫，护夏姬一世安，一场繁华梦终于落幕。

　　半生流离，苦乐自知，哪怕传闻如此不堪，他也从未放弃过她。

　　巫臣，让我看到了最漫长的等待，最长情的告白。

　　夏姬非良人，巫臣愿情深。

44. 曹风·蜉蝣——且行且惜

蜉蝣之羽，衣裳楚楚。心之忧矣，于我归处。
蜉蝣之翼，采采衣服。心之忧矣，于我归息。
蜉蝣掘阅，麻衣如雪。心之忧矣，于我归说。

不知是谁发现了蜉蝣这种微小的生物，轻纱般的翅膀，两条长长的尾须，飞于空中，好似春日的柳絮。蜉蝣，生于水泽，死后随水漂泊，朝生暮死，生命短暂又灿烂。观蜉蝣者，皆有所感。

"我是谁？"

"我从哪里来？"

"要到哪里去？"

人生百年，是喜乐多一些？还是寂寞多一些？

曹国，诗人又来到湖泊旁，望着水面上飞舞的蜉蝣，从未发现，它们竟然这么美。

蜉蝣的羽翼像是一件华美的衣衫，可惜，这样的美终究是昙花一现，还未来得及让人欣赏，便消散于世间。蜉蝣出生之时，薄如麻衣的羽翼宛若白雪，朝霞伴着它们成长，落日陪着它们逝去，仅仅一日的生命，能做什么呢？

蜉蝣向死而生，太美太忧伤，它们飞舞在空中，渺小如尘埃，若不仔细去看，绝不会发现它们的身影。诗人痴痴地望着它们，不知它们从哪里来，也不知它们要飞往何处，它们不停地扇动翅膀，那姿态是不是垂死前的挣扎？

诗人心中泛起忧伤，发出这样的感叹："于我归处？于我归息？于我归说？"

人生的归宿在何方？将在哪里栖息？该去何处找寻？

诗人由蜉蝣想到人生，他如蜉蝣一样，身着华丽衣裳，光鲜亮丽，乃世人称赞的君子。即便如此，也难逃生老病死，天地轮回。人生苦短，这一生该如何度过？

从清晨到黄昏，诗人目睹蜉蝣从生到死，许多问题萦绕在心头，久久得不到答案。或许，他是遇到了困顿之事，才如此执着于生死。

于我归处？

人的归宿到底在哪里？

竹林七贤之一的阮籍在《咏怀诗》中写了木槿花、蟋蟀、螳蛄、蜉蝣等短寿之物，最后，发出这样的感叹："生命几何时？慷慨各努力！"

生命面前，万物平等，虽各有其命，但我命由我不由天，每个人都应走在前行的道路上，为梦启程。

千年后的一个夜晚，月华如水，苏轼与好友在赤壁下泛舟，有客人伤感地叹道："寄蜉蝣于天地，渺沧海之一粟。哀吾生之须臾，羡长江之无穷。"

此人觉得自己好似蜉蝣般置身于天地之间，像沧海中的粟米那样渺小，人生如此短促，令人心中苦闷，不禁羡慕长江没有穷尽。

苏轼一语为其解惑，"客亦知夫水与月乎？逝者如斯，而未尝往也；盈虚者如彼，而卒莫消长也。盖将自其变者而观之，则天地曾不能以一瞬；自其不变者而观之，则物与我皆无尽也，而又何羡乎！"

苏轼说出这番话时，正是人生低谷，被贬黄州，年过半百，饱经苦难。然而，面对客人的困惑，他的回答却如此豁达淡然，宛若尘世外的隐士。

逝去的时间就像江水，并没有真正逝去。明月时圆时缺，亦没有增减。苏轼以水和月作比，开解好友，事物都有正反两个方面，从事物易变的一面来看，天地间万物时刻都在变动；从事物不变的一面来看，万物如同人，都是永恒的。何必去羡慕长江之水，万物各有主宰，每个人都有自己的人生道路。人生正因短暂而珍贵，正因珍贵而精彩，人们明知固有一死，却还是会在有限的生命里去创造无限的价值。

人们对生命的追问从未停止过。

倘若你的生命只剩下一日，你会做什么？一天有24小时，1440分，86400秒，每一分每一秒，生命都在流逝。蜉蝣从不因生命短暂而悲伤，虽仅有一日的生命，但衣裳楚楚，采采衣服，它要成长、恋爱、繁衍、飞翔，无数次扇动透明的羽翼，让自己飞得更远一些，活得更潇洒一些，给世人留下一个光彩的背影。

浮生一日，蜉蝣一世，安静地生，无声地逝，不必为它而悲伤，它本比我们想象中坚强。

45. 小雅·我行其野——从此吾心无风月

我行其野，蔽芾其樗。婚姻之故，言就尔居。
尔不我畜，复我邦家。

我行其野，言采其蓫。婚姻之故，言就尔宿。
尔不我畜，言归斯复。

我行其野，言采其葍。不思旧姻，求尔新特。
成不以富，亦祇以异。

乐府《古艳歌》云："茕茕白兔，东走西顾。衣不如新，人不如故。"

那个被男子抛弃的女子，宛若一只孤独的白兔，往东去，往西顾，不知去往何处。君可知，旧衣不如新人，新人胜旧人。

荒野之上，枯草散发着悲凉，秋风席卷着惆怅。女子独自行走在路上，落日斜阳，将孤独的影子拉长，好似一缕幽魂，无所依靠，世人多薄情，佳人何处去？

一步一坎坷，一叹一寂寥，半生深情付流水，一片相思何人怜？

恨那薄情的爱郎，将美人弃；恨那尖酸的新欢，将美人欺；恨那痛苦的婚姻，将美人困。

樗为臭椿树，非良木，喻无用之才。蓫为羊蹄菜，随处可生的野草。葍为蔓草，贪婪似地生长，占据着每一片土地。诗中以这三种植物起兴，暗指女子遇人不淑，惨遭抛弃。

她的前半生活得太过憋闷。

"婚姻之故，言就尔居。"这句话可以理解为：只是因为婚姻的缘故，我才与你同住。这是一段千疮百孔的婚姻，无论如何经营，都无法得到想要的结果。

或许，一开始，她是爱他的，毕竟，两个人要共度几十年的时光，若无爱情，怎会立下婚事。青年男女相知相爱，终成眷属，结发为夫妻，男耕女织，过着安乐无忧的生活。在恋人眼里，草木有情，寒冬有暖，望尽红尘，满眼皆无尘埃。

这种平淡的日子最是幸福，可男子偏偏不知足，婚后不久，便开始拈花惹草。

为何弃她而去？因为：不思旧姻，求尔新特。成不以富，亦祇以异。

原来，他有了新欢。不顾旧日的感情，一心追求新人。并非因她富贵，而是他已变心。只见新人笑，谁闻旧人哭。一个女子，目睹自己的夫君揽着花枝招展的陌生女子回家，是何感受？背叛、绝望、心死。

那个时代男尊女卑，她哪里敢指责，只能忍气吞声。与不爱之人同住一个屋檐下，本就是痛苦之事，女子如此热爱自由，却被婚姻束缚，活在苦闷中。她不但要面对薄情寡义的夫君，还要容忍趾高气扬的新欢，这样屈辱的日子，让人备受煎熬。

在古代，敢于反抗的女子实在太少，因为一旦反抗，便意味着与世界为敌，所以，大多数女子都会选择另一条道路：回娘家。

"尔不我畜，复我邦家。"这是逃避，是迫不得已的逃离。离了吧！散了吧！放过彼此的心，有尊严地分开。其实，在那个男子第一次背叛婚姻时，她就该离去。若早些离家，也不会遭受"婚姻之故，言就尔居"的痛苦。

女子终于离开了生活数年的地方，孤身往故乡走去。但愿，娘家亲人不会嘲讽她，给她一处容身之所，让她忘却痛楚，远离爱恨。

不知多年之后，那个男子会不会后悔？那份愧疚之情会不会折磨他一生？喜新厌旧之人岂能长情，旧人已经离去，新欢能笑几时？庆幸那位诗中女子及时醒悟，离薄情人而去，免遭长痛。

世间多少女子能这般果决？霍小玉算是一个。

霍小玉，一个为情而活的女子。父亲是霍王爷，母亲是府中宠婢。霍王爷过世后，府中兄弟嫌弃她是舞姬所生，随意给了些银子，便将她们遣出王府。

母女二人流落在外，隐姓埋名，无人知道她们的真实身份。没过多久，她们的银子便花光了，为了生存，霍小玉只能抛头露面，成为卖艺不卖身的艺妓，凭借歌舞诗文取悦达官贵人。她虽流落风尘，却未曾堕落，她有自己的底线和坚持，一直在等待良人出现，托付终身。

终于，一个叫李益的诗人来了，状元及第，才华横溢，撩动了女子的芳心。

才子佳人，一见定终身，双双坠入爱情的长河。那段时光，他们好似夫妻一般，同床共枕，日夜相随，一句句誓言，感天动地。

一年后，朝廷任命李益为郑县主簿，李益上任前，须回乡探亲。临走前，霍小玉心神不宁，生怕他此去不复返，李益安慰道："皎日之誓，死生以之。与卿偕老，犹恐未惬素志，岂敢辄有二三。固请不疑，但端居相待。"

他发誓不会负她，等安排好诸事后，定会派人来接她，风风光光将她娶进门。她信了，闻君一诺，等君半生。

主簿大人年轻有为，衣锦还乡，何等春风得意！说亲的媒人早已踏破李家的门槛，君子成家立业，如今，业立了，也是时候该成家了。李家二老欢喜地为儿子定下一门亲事，官宦之家卢氏，门当户对。李益听闻对方的家世，竟动了心了，早将那些山盟海誓忘却，欣然应下这桩婚事。

　　谁不想日后平步青云，娶了卢氏，便等于前途无忧。这边薄情郎热热闹闹办喜事，那边痴佳人日日夜夜盼君归。

　　半年过去了，一年过去了，数年过去了，花开花落不见君，缘起缘灭终有时。

　　她的心彻底死了。

　　李郎，你可知道，我等得多么痛苦！多么绝望！我成了全长安最可怜的女子。

　　长安城，谁不知道霍小玉在等待一个负心人。那个人，步步高升，永不回此地。

　　后来，一位侠客强行架着李益来见霍小玉最后一面。谁会期待这样的重逢？一个万般悲痛，忘不了前尘的等待，一个万般愧疚，还不清今生的情债。

　　此时的霍小玉已经身染重病，奄奄一息，她凝视李益良久，举起酒杯，将酒倒在地上，冷声道："我为女子，薄命如斯！君是丈夫，负心若此！韶颜稚齿，饮恨而终。慈母在堂，不能供养。绮罗弦管，从此永休。征痛黄泉，皆君所致。李君李君，今当永诀！我死之后，必为厉鬼，使君妻妾，终日不安！"

　　说罢，含泪而亡。

　　霍小玉的心早就死了，只是强撑着一副病躯，等着见他一面，用尽最后一口气诅咒他，令他余生不安。她的恨从来没有停歇过，为情而生，为情而恨。

　　她的那段话果真应验了！李益回家之后，变得神志恍惚，时常出现幻觉幻听，误以为卢氏与男子有私情，猜忌万端，对其或打或骂。若霍小玉泉下有知，也该无憾了！

　　谁不曾年少不羁，用尽青春爱一个人，直到跌落深渊，才知命不由人。女子面对爱情，最是犹豫不决。若能做到当断则断，便不会徒增烦恼。如果婚姻已经布满伤疤，那么，不如用孤独代替伤痛，一个人生活总好过两个人折磨。

　　金钱、利益、皮囊、欲望，蛊惑人心，多少人迷失其中，忘了爱情最初的模样。人，虽逃不开七情六欲，但也不要陷得太深。

46. 小雅·巷伯——谗言一句如浪深

萋兮斐兮，成是贝锦。彼谮人者，亦已大甚！

哆兮侈兮，成是南箕。彼谮人者，谁适与谋。

缉缉翩翩，谋欲谮人。慎尔言也，谓尔不信。

捷捷幡幡，谋欲谮言。岂不尔受？既其女迁。

骄人好好，劳人草草。苍天苍天，视彼骄人，

矜此劳人。

彼谮人者，谁适与谋？取彼谮人，投畀豺虎。

豺虎不食，投畀有北。有北不受，投畀有昊！

杨园之道，猗于亩丘。寺人孟子，作为此诗。

凡百君子，敬而听之。

都城下雪了，寂静的宫巷中传来受刑者凄厉的哀号，声声入耳，让人不寒而栗。

是谁蒙受冤情？

是谁愤恨不甘？

是谁低声悲叹？

阴冷的牢房中，男子已是遍体鳞伤，面色苍白，双目紧闭，虚弱地呢喃着："冤枉……"

可惜，这冰冷的王宫中，没有人会听见他的冤屈。

"萋兮斐兮，成是贝锦。"所谓谣言，是用花言巧语织成的贝纹锦缎，光鲜亮丽，华丽多彩，人们时常受其迷惑，难以分辨黑白。

诗中的男子便是被谣言所害之人。他本是掌管宫内之事的宦官，尽心尽力服侍君主，却还是没有逃过有心人的谣言。

谮人，诬陷他人之人。先有造谣者，再有传谣者，后有信谣者，三言两语便可毁了一个人的前途。

谮人之口何其大，仿佛天空中的箕宿（星宿名），巧言令色，信口雌黄，一声声道出谣言，"谋欲谮人""谋欲谮言"，诛心杀人。

智者懂得辟谣，愚者选择信谣。诗人遇到了一个愚者，那些人宁愿相信披着华丽外衣的谣言，也不愿听他辩解。

诗人心中最大的悲伤便是：骄人好好，劳人草草。

造谣者逍遥得意，受害者忧愁愤恨。苍天啊！进谗言的人应受处罚，被谗言所害的人应得怜悯。

"彼谮人者，谁适与谋？"他猜测着造谣者、出谋之人，却没有得到答案。谣言总是暗箭伤人，一传十，十传百，早就找不到源头。此时，那个编造谣言的人，应该隐藏在暗处，静静地欣赏着这场好戏。

诗人怒声道："取彼谮人，投畀豺虎。豺虎不食，投畀有北。有北不受，投畀有昊！"

造谣之人何其可恶！就该丢去野外喂豺虎，若豺虎不吃，便丢到北方荒地，若北方不接受，那只能交给上天去处罚！

他已经无法相信昏庸的君王，只能将希望寄托于苍天大地、凶豺猛虎，天降神罚，惩治恶人。

他咒骂着那些小人，恨不得唾其面，食其肉。心怀仇恨之人是堕入炼狱的魔鬼，没有理智，只有黑暗，他抛弃君子之道，用最恶毒的语言诅咒着那些伤害自己的人。

毁灭一个人多么简单！当他失去尊严、失去本心、失去光明，沦为仇恨的奴隶时，他已经被毁灭了。

究竟是谁毁了他？是满口谗言的奸佞？还是不辨是非的君主？雪崩之时，没有一片雪花是无辜的。有的人献上利剑，有的人握紧凶器，有的人下令诛心，有的人冷眼旁观，唯独没有人向他伸出援助之手。

可悲的是，他身份卑微，报仇简直是痴人说梦。他渐渐恢复了理智，认清现实后，他不再诅咒，沉默地思考着自己的结局。

　　等待自己的会是什么？一杯毒酒？还是一条白绫？

　　古来谗言令多少君子枉死！他似乎预感到了结局，众口铄金，他难逃一死。此刻，他的心无比沉静，如一潭死水，没有波澜，没有恐惧，没有不舍。这个浑浊不堪的乱世，从来容不下一句真话，既如此，他又何必执着于生死，不如就此魂归，留那些可悲的人继续自欺欺人、掩耳盗铃。

　　"今，阉人孟子，留下一诗，题为《巷伯》，愿诸位大人，听君一言，知其愤恨，感其遭遇，哀其结局。"

　　《毛诗序》云："《巷伯》，刺幽王也，寺人伤于谗，故作是诗也。"

　　《诗经》中另有一篇，也是关于谗言，《毛诗序》云："《巧言》，刺幽王也。大夫伤于谗，故作是诗也。"

小雅·巧言

　　悠悠昊天，曰父母且。无罪无辜，乱如此幠。
昊天已威，予慎无罪。昊天大幠，予慎无辜。

　　乱之初生，僭始既涵。乱之又生，君子信谗。
君子如怒，乱庶遄沮。君子如祉，乱庶遄已。

　　君子屡盟，乱是用长。君子信盗，乱是用暴。
盗言孔甘，乱是用餤。匪其止共，维王之邛。

　　奕奕寝庙，君子作之。秩秩大猷，圣人莫之。
他人有心，予忖度之。跃跃毚兔，遇犬获之。

　　荏染柔木，君子树之。往来行言，心焉数之。
蛇蛇硕言，出自口矣。巧言如簧，颜之厚矣。

　　彼何人斯？居河之麋。无拳无勇，职为乱阶。

既微且尰，尔勇伊何？为犹将多，尔居徒几何？

这是一位受谗言所害的官吏所作，讽刺周幽王听信谗言，导致周王朝陷入祸乱，酿成灾殃。与《巷伯》不同的是，这首诗的语句相对委婉，诗人心中有怨有恨，却没有诅咒进谗言者，更没有丧失理智。他与"寺人孟子"不同，他没有陷入个人仇恨之中，而是站在忠臣的角度，为了家国，为了百姓，去批判进谗言的行为。

这首诗条理清晰，一点点揭露谮人的真面目。周幽王以虢石父为上卿，此人善于逢迎，阴险狡诈，在君王面前，那人"蛇蛇硕言""巧言如簧"，他戴着一副虚伪的面具，出入朝堂，阿谀奉承，不顾百姓安危，只知花言巧语讨好君主。周幽王听信谗言，受其蒙骗，犯下许多无法挽回的过错。

奸臣当道，贤臣何在？唐代刘禹锡曾写："莫道谗言如浪深，莫言迁客似沙沉。千淘万漉虽辛苦，吹尽狂沙始到金。"

君子到底要经历多少辛苦，才能让世人发现自己的价值。千淘万漉，仿若凤凰涅槃，忍下来的人终有所得。然而，总有人坚持不到最后，累倒在路上……

即便如此，还是有人愿意以血肉之躯抵浊世风雨，一路披荆斩棘，只求人间如雪，清白无尘。

47. 小雅·都人士——千年风雅

　　彼都人士，狐裘黄黄。其容不改，出言有章。
行归于周，万民所望。

　　彼都人士，台笠缁撮。彼君子女，绸直如发。
我不见兮，我心不说。

　　彼都人士，充耳琇实。彼君子女，谓之尹吉。
我不见兮，我心苑结。

　　彼都人士，垂带而厉。彼君子女，卷发如虿。
我不见兮，言从之迈。

　　匪伊垂之，带则有余。匪伊卷之，发则有旟。
我不见兮，云何盱矣。

　　西周灭亡，礼崩乐坏，旧都之中早已寻不见谦谦君子、
窈窕淑女。

　　诗人走在熟悉的巷子里，清风从耳畔吹过，送来一丝久
违的温暖，这座城，一草一木皆无变化，只可惜，那些故人
再难归来。

　　他一步步走上布满青苔的石阶，独立高处，目之所及，
皆是苍凉。

　　仰天长叹家国梦，一场繁华终成空，多想重回礼仪之

邦，再唱一曲："关关雎鸠，在河之洲，窈窕淑女，君子好逑。"

那些君子啊，淑女啊，圣人啊，贤者啊，终究还是成了一纸传闻。

彼都人士，一个"彼"字，埋藏着多少遗憾。

诗人说："那时的都城人士啊！狐裘黄黄，台笠缁撮，充耳琇实，垂带而厉。"

那时候，他们的衣着如此华丽，身披黄色狐裘，头戴草帽，瑱饰晶莹，垂带飘扬，这便是西周人的风采。繁华的长街上，人们仪容得体，礼仪周全，言语谦和，人与人之间还存在信任，那是单纯美好的时代，可以坐在南山之上，对爱人唱一首情歌，也可以折一枝桃花，送给新婚夫妇。

战争未来之前，所有的愿望都有可能实现，所有的梦想都值得去追寻。君子出口成章，女子容止俊雅，他们出身名门尹氏、吉氏。当年，还有许许多多这样的名门贵族，驱车而行，所到之处，万众瞩目。

往事如烟，随风而散，这片焦土之上也曾盛开着希望，回首盛世，何人不感伤！

诗人从回忆中醒来，遥望残破的城池，依稀可见几个人影，他们衣衫褴褛，在这座空城里穿梭，好生寂静，除了脚步声，再无其他。

他说："我不见兮，我心不说。我不见兮，我心苑结。我不见兮，言从之迈。我不见兮，云何盱矣。"

句句不见，君不见，曾登楼台望青天；君不见，推杯换盏醉庭前。不见岁月静好，不见角徵宫商，不见鸿鹄归雁。

诗人不禁长叹道："行归于周，万民所望。"

这是无数西周百姓的心愿，重回旧都，正衣冠，行周礼，将平凡而伟大的生活继续下去。

或许，诗人也曾遇到过一位佳人，女子缓缓走出朱门，衣带在风中飘扬，长发稠密，卷发如蝎尾，姿态端庄，柔情似水。那系腰的丝带为何下垂？那长发为何卷曲？并非故意为之，而是时代审美，上衣下裳，从衣到发，皆是礼。

诗人对女子一见钟情，怎奈还未诉相思，犬戎便攻破镐京。城破之时，所有的儿女情长都烟消云散，军士拼死抵御，百姓四处逃亡，鲜血染红了才子佳人的青春。战乱中，那些贵族流离在外，衣冠凌乱，狼狈不堪，他们跟随君主去往洛邑，留在一座陌生的城，开始新的生活。

然而，这些人过得并不欢喜，他们心中一直念着那座城，那里有故人的痕迹，绵绵细雨，亭台楼阁，清风明月，哪一件不是万种风趣！世上最悲伤的话语，莫过于"我们都回不去了"。

谁人在孤城中徘徊，沧桑了流年，那迟迟不肯离去的人，可愿化成一片瓦砾，永生永世守着这座城。

我知道，诗人执着的从来不是一座城，而是一场盛世梦。

这是名门望族的寂寞，是没落贵族的遗憾。

东晋时期，王家、谢家也是名门望族，显赫之家。谢家有女谢道韫，宰相谢安的侄女，王家有子王凝之，王羲之次子，两家联姻，成为一桩美谈。

当年，谢道韫的一句"未若柳絮因风起"，令多少世家子弟倾慕，后来，她嫁给了王凝之，王凝之终究太过平庸，实在配不上谢道韫这般才华横溢的奇女子，谢道韫曾感叹："谢家一族中，叔父辈有谢安、谢据，兄弟中有谢韶、谢朗、谢玄、谢渊，个个出类拔萃，没想到，天地间，还有王郎这样的人！"

这是一桩门当户对的不幸婚姻，为了家族的荣耀，谢道韫忍了数十年。许是出身世家，她自小便明理懂事，深知这是一场关乎两家利益的婚姻，离不得，闹不得，散不得。

直到孙恩、卢循起兵反晋，天下大乱，生灵涂炭。王凝之身为一方官员，整日求神拜仙，不设防御，不听劝告，自以为请来了"鬼兵"助阵，最终，与诸子惨死于敌军的刀刃之下。

谢道韫弃诗书，持兵刃，与家丁们一同奋勇杀敌，明知寡不敌众，还是毫无畏惧。此时，她已不是那个咏絮才女，她只是这座城的守卫者，誓死也要守护城中百姓。

　　她输了，被敌军包围之时，她一手抱着三岁的外孙，一手举剑，对孙恩喊道："大人之事与孩子无关，要杀他，先杀了我！"

　　孙恩早就听闻谢道韫的才名，见她不惧生死，巾帼不让须眉，不忍取其性命，便派人将她送回会稽。往后的岁月，谢道韫寡居家中，每当回想起年少的咏雪时光，心中便流淌着伤感，物是人非，最是凄凉。

　　有诗云："旧时王谢堂前燕，飞入寻常百姓家。"

　　旧时，好生伤感的二字，所有的繁华都是过往，正如"彼都人士"，谁还能白衣如故？

　　曾经的我们，是家人。如今的我们，是离人。

　　明月依旧，可惜，我们再也回不去那座城，遇不见那个人。

　　即便如此，念旧的人还是会梦回千年，身着霓裳，奏一曲盛世华章。